Tito est mort

MARICA BODROŽIĆ

Tito est mort

traduit de l'allemand
par Colette Kowalski

ÉDITIONS DE L'OLIVIER

L'édition originale de cet ouvrage
est parue chez Suhrkamp en 2002
sous le titre : *Tito ist tot.*

ISBN 2. 87929. 394. 4

Tito est mort

Au village, depuis des jours, on ne parlait plus que de cela. Le poste de télévision chauffait et Grand-père ne comprenait pas comment un homme qui venait de mourir et que l'on avait déjà mis en terre pouvait aller et venir sur l'écran. Ce qui se passait dans la tête de Grand-père – bannissait-il cette apparition de Tito dans le monde de la magie, des anges et des diables, ou la voyait-il comme un mystère du monde moderne ? – je ne le saurai jamais.

Je sais seulement que ces images papillotantes l'irritaient. En particulier les fameuses scènes d'amour des films américains qui le submergeaient comme une cataracte sibylline. Pour lui un baiser sur l'écran était un vrai baiser, et il fulminait contre l'impudence de ces femmes qui se moquaient bien qu'il assistât à leurs effusions. Ces satanées lèvres qui semblaient ne plus se détacher équivalaient pour lui à un sacrilège.

Les gloussements de rire que suscitait chez moi l'ignorance de Grand-père se turent bientôt. Quand il demanda ce qu'étaient ces images sinon la vérité même, je ne trouvai rien à répondre. Cette scène de baiser pouvait-elle donc signifier autre chose ? Feignait-elle seulement l'authenticité, était-ce un mensonge ?

Ce jour-là, les baisers à l'américaine avaient disparu de l'écran. Ils furent remplacés par des œillets rouges, des généraux, des speakers vêtus de noir, et des enfants qui avaient appris par cœur des poèmes pour monsieur Josip et levaient leur gentille frimousse vers des milliers de caméras. Les mères, débordantes de fierté, pleuraient et mouchaient de concert leurs nez irrités par le frottement répété. La mort du camarade les avait – *nous avait tous* – profondément affligés.

Josip Broz-Tito était mort : l'homme accroché au mur de ma classe, avec ses énormes lunettes rondes, et dont j'avais reçu le portrait comme insigne quand j'étais entrée chez les pionniers, en même temps que la petite casquette genre partisan, l'étoile rouge et le foulard rouge. Son regard pénétrant ornait toutes les cordonneries, toutes les boucheries, si sanguinolentes qu'elles fussent, toutes les salles des professeurs poussiéreuses dans les villages de montagne oubliés du monde, tous les centres commerciaux, toutes les administrations et toutes les salles de classe. Personne ne devait oublier les glorieuses batailles de « nos hommes » qui avaient courageusement tenu tête à l'ennemi et l'avaient vaincu non seulement avec leurs armes, mais avec leur cœur, à l'époque où, intrépides, ils réclamaient la mort du fascisme et la liberté du peuple.

Grand-père l'apprit aux nouvelles du matin et m'appela dans la cuisine, qui était la pièce à vivre. On pouvait voir Tito sur toutes les chaînes. En quelques heures il devint l'image unique de la nation ; de minces visages affligés en formaient le cadre.

La radio aussi modifia ses programmes en raison de l'actualité : mon émission préférée fut supprimée. À la place on devait donner un reportage spécial sur la vie et l'action de Tito, et cela le dimanche, le jour où j'écoutais *Souhaits et saluts*, ma sacro-sainte émission destinée aux matelots et pêcheurs dalmates. Cet après-midi-là, les belles chansons à la mandoline furent perdues pour moi.

Mon grand-père, fasciné, regardait l'écran d'un œil aveugle et d'un œil sain. Préoccupé, il ôta plusieurs fois sa casquette pour s'en recoiffer aussitôt. Sans cesse il secouait la tête en faisant entendre un bref *tss tss*, presque un sifflement. Maintenant le diable allait cavaler et mettre cette damnée humanité sur les rotules, et tout aurait été pour rien. Pour rien, la soupe des soldats qu'il préparait pendant la Seconde Guerre mondiale, parce qu'il avait pensé que c'était la dernière guerre, au moins pour les cent prochaines années. À l'époque, un homme de la compagnie où Grand-père avait été affecté avait refusé de fusiller vingt soldats soudain surgis du néant. Je n'ai jamais compris de quel côté étaient ces prisonniers et je n'ai pas demandé, parce que la seule idée de l'exécution repoussait le reste à l'arrière-plan et que l'image que Grand-père décrivait à répétition me fascinait. À la fin, le cuisinier ayant refusé lui aussi de se salir les mains, le commandant dut fusiller lui-même les prisonniers. Les réfractaires ne purent se soustraire à ce massacre injustifié – c'était dans les derniers jours de la guerre ; ils eurent le choix entre assister en spectateurs au caprice d'un type devenu fou et se coller au mur à côté des vingt hommes. Ainsi tous ceux qui étaient présents entendirent les noms des condamnés à mort. Le commandant qui avait perdu la tête demanda à chacun de s'avancer et de se nommer à voix haute. Avant que les balles, en rafale rapide, n'aillent se loger dans leur ventre maigre et que les corps affamés ne tombent comme des mouches, on entendit leur voix une dernière fois.

Plus tard il s'ensuivit – chose rare – une condamnation. Le commandant, au tribunal, retrouva le cuisinier de sa compagnie, mon grand-père, qui, comme en transe, récita les noms des vingt morts. Même à la maison il a répété leurs noms, le regard au loin, dans le vague. Ce n'est que rétrospectivement que j'ai pu interpréter ce regard inquiet, errant, et je n'ai compris qu'alors pourquoi il ressentait la mort de Tito comme une perte réelle, malgré tous ses doutes quant à l'intangible grandeur du maréchal. Plus tard encore je me rendis compte que son corps avait pressenti le malheur à venir, car bientôt une autre guerre allait éclater et séparer non seulement ceux qui se haïssaient, mais pire : ceux qui s'aimaient. Pourquoi cela ? Parce que la guerre n'unit rien ni personne.

J'entendais dire au village que Tito avait obligé les gens à vivre ensemble et que maintenant ils allaient se venger. De la politique et de l'ennemi, de tous ceux qui leur avaient empoisonné la vie. Je ne fus donc pas surprise quand je lus que les Albanais, après la mort d'Enver Hoxha, s'étaient empressés d'abattre les pruniers d'État et d'inscrire irrévocablement leur vengeance dans leur propre paysage. Des terrains désolés, couverts d'herbe, s'étendaient désormais là où, autrefois, de la frontière en face, on pouvait voir des plantations d'arbres. Le regard ne rencontrait plus que fades maquis, larges troncs sciés – témoins d'un temps qui ne devait pas survivre, surtout pas dans les pruniers.

J'étais curieuse et, quand Grand-père ne racontait pas d'histoires, je m'en inventais. Rien n'était à l'abri de mon imagination. Même les Russes n'y échappaient pas ; je n'hésitais pas à mettre sous le nez de notre voisine Svetlana Rodenska une pomme que j'avais dérobée le matin dans son jardin pour lui prouver que les Russes étaient venus et lui parler de soldats qui, la nuit, avaient « reconnu le terrain » – expression que j'avais apprise de Grand-père –, ajoutant que, « en cette affaire », j'étais la seule à qui ils avaient fait des confidences.

À Loncari, une partie de notre village où n'habitaient que des partisans purs et durs, les pleurs coulaient jusqu'à l'Adriatique, comme on se le raconta encore longtemps après la mort de Tito parmi les membres patriotes de ma famille. Tito, les rouges l'aimaient beaucoup. À l'école, le regard du maréchal continuait à tomber sur nous et sur nos uniformes bleus. Même ce jour-là, ses énormes lunettes semblaient prêtes à glisser pour se briser en mille morceaux sur les carreaux astiqués. On nous rassembla pour observer cinq minutes de silence. Toute l'école se réunit dans un long corridor sombre qui desservait les dix salles de classe et, même en hiver, n'était que chichement éclairé. Là, on se tut à l'unisson. Dans le silence les pensées voltigeaient en tous sens, et je m'aperçus vite que tous les élèves ne partageaient pas la mauvaise humeur que j'éprouvais devant les nombreuses images de Tito à la télévision. La plupart étaient sérieux et quelques-uns essuyaient à la dérobée leurs joues mouillées de larmes. Sur leurs visages se lisait ce qui passait pour un aveu silencieux, comme s'ils étaient responsables de la mort de Tito.

Je baissai la tête et regardai les socquettes de soie blanche qui pointaient sous la jupe de mon uniforme bleu. Dans tout ce remue-ménage, même Matilda, l'attentive, n'avait pas remarqué que les socquettes étaient neuves. Raison de plus pour ne rien dire des matelots. Je savais qu'ils étaient là-bas et que, quelque part sur le bleu profond de la mer, ils tripotaient le bouton de leur radio ; qu'ils attendaient qu'on les saluât, qu'ils espéraient des chansons à rapporter dans les ports de leurs villes natales, dans les bras de leurs bien-aimées, de leur femme ou de leur mère. Mais que leur fallait-il entendre ! Les camarades speakers, la voix rauque et stressée, parlaient d'un homme d'État qui n'en était plus un parce qu'il était depuis longtemps déjà dans la tombe et ne pouvait donc plus exercer ses fonctions.

Comme d'habitude, ce jour-là, je rentrai à la maison et parlai à Grand-père du temps de silence imposé. Il se contenta d'écouter et ne répondit pas un mot. Quelques jours plus tard il dit en passant : « Écoute, les gens de Loncari, ne leur dis jamais "Dieu soit avec toi", ils aiment mieux qu'on leur dise "Bonjour, camarade". »

Dès lors j'eus fort à faire pour distinguer les gens des différents coins du village et les saluer de manière adéquate. Le Père éternel, le bon Jésus et le camarade commencèrent à tourbillonner pêle-mêle dans ma tête, jusqu'à ce que j'en aie fait un beau mélange tout neuf. Je saluais le camarade Veljko par : « Dieu vous bonjoure, monsieur le camarade Jésus, comment va votre jolie femme de la côte ? » Monsieur Veljko avait en effet épousé une beauté de l'Adriatique, madame Marijana, et il n'était pas peu fier de sa belle. En tout cas c'était ce que se racontaient les vieux de mon village.

Le camarade Veljko ne m'a jamais rien fait. Mais il est sûrement vrai que ce n'était pas un tendre ; dans tous les villages il y a des gens rudes et sans cœur. Un jour je compris pourquoi certains villageois étaient tellement fâchés contre lui. J'entendis le camarade rabrouer sa femme sur la route. Quand elle lui dit que l'autre côté était aussi présent dans sa poitrine, je vis un voile descendre sur le visage de l'homme. Après tout elle venait de là-bas, continua Marijana sans faire attention à sa mauvaise humeur, dans son cas le cœur battait en même temps du côté gauche et du côté droit.

Marijana n'était pas seule dans son genre. Il y avait beaucoup de gens dont le cœur battait des deux côtés. Malgré cela, ou justement pour cette raison, les maisons ont brûlé et, dans les caves de ceux qui avaient fui, on trouva des livres que, vu le monde qui flambait, il fallait bien classer comme dangereux. Rien ne se perdait à cette époque, personne n'était ami de l'un ou de l'autre et peu importait de montrer au voisin de la compréhension parce qu'il avait eu une prédilection pour la littérature russe ou allemande. Sa bibliothèque abandonnée témoignait de la sorte de littérature qui lui était proche. Chacun était devenu neutre, sans histoire, sans biographie, plutôt curieux qu'avec cela se fût conservée une « mémoire nationale ». Cela tenait sûrement aux yeux du grand frère, car de nouveau ils surveillaient les événements. Même si désormais c'étaient ceux d'un autre, c'étaient les gros yeux habituels, à la différence que l'homme portait maintenant un autre nom.

La vieille Desanka est devenue folle avec tous ces incendies. Elle avait joué au billard avec les hommes dans la salle d'auberge de son fils avant que ceux-ci ne partent dans les montagnes et n'y restent longtemps, des hommes qui revinrent après des semaines et ne savaient plus qui était pour qui et pourquoi les champs n'avaient pas été cultivés comme d'habitude. L'un d'eux, un jeune homme qui aimait le rock et professait l'athéisme, est devenu un fervent catholique qui ne vit plus que dans l'attente de la sainte hostie du dimanche. Même si Desanka n'avait pas perdu la tête, son jeu de billard aurait été le signe certain d'un changement, les villageois seraient sans doute vite tombés d'accord pour dire qu'il y avait vraiment chez elle quelque chose d'essentiel qui n'allait pas, ce qui ne faisait guère de différence. Du coup on regardait les hommes, jeunes et vieux, qui devenaient de plus en plus singuliers, se lançaient des encouragements absurdes et disaient des phrases comme : « Allons boire un café dans les montagnes ou faire une partie de boccia, il n'y a plus que ça. » Tout le monde savait qu'il n'y avait pas de café depuis des mois et même l'habitant de la côte le plus ancré dans ses habitudes ne pensait plus aux boules de boccia. Surtout pas dans les montagnes où, dans les temps paisibles, seuls les loups affamés se rencontraient, mais où désormais les coups de canon avaient chassé même ces vieux hurleurs, habitués aux guerres comme à la pluie en hiver. Au fond ce fut pour Desanka le meilleur moment pour devenir folle.

Les portraits de Tito avaient définitivement disparu, ils avaient été remplacés par de nouveaux visages. Les hommes qui avaient pris sa place – les boucheries et les salles de classe étaient encore là – ressemblaient de manière inattendue à leur prédécesseur. Les nouveaux maîtres avaient en commun le regard de l'initié qui passe par-dessus la tête des gens. Dans les hauteurs leurs portraits toujours semblables jetaient un pont qui enjambait le monde. Et le pont se révélait un lieu propice : de là on pouvait tout dominer.

En tout temps on s'est raconté des histoires. Et maintenant que les nouveaux habitants des ponts étaient arrivés dans le pays, il ne pouvait en être autrement. Une de ces histoires raconte que des hommes siégeaient au gouvernement, dans la capitale, qui, en ces jours où le café était devenu rare et où Desanka avait perdu la tête, jouaient au football avec des têtes de morts. Ces laquais sont des piles de pont pour ces maîtres aux gros yeux dont la volonté a noyé dans le sang des contrées entières et qui ensuite, sans sourciller, vous font croire que le rouge de la mort est celui d'une pivoine.

Grand-père ne les a pas vus dans leur élément, ces nouveaux bons à tout. Dès le début il s'est retiré et n'a jamais appris leurs noms ridicules. Volontairement ou non, il ne s'y est jamais fait et il les prononçait complètement de travers, amusant tous les clients de l'auberge, mais aussi, hélas, et c'était plutôt la règle, s'attirant leurs moqueries. Quand leurs drapeaux sont arrivés, Grand-père est mort. Sa mort fut aussi douloureuse que le moment fut bien choisi.

Le papillon aux yeux multiples

Longtemps je crus que l'héritage de mon enfance se résumerait en un seul mot, en cette malédiction de ma mère me prédisant la cécité. Dans un monde où les paysages étaient marqués par d'étroites vallées sinueuses et des villages isolés parcourus par les processions à Marie, ce n'était pas une affaire qu'on pût décider ou discuter. Le destin, le mot encore le moins mythique, planait sur les statues de bois des églises, exécutées par de simples sculpteurs et par endroits peintes en vert espagnol. Le velours des baldaquins abrités pendant l'hiver dans les caves du presbytère avait une odeur d'ancien temps. Quand la lumière tombait sur les épaules des sacristines, on croyait voir du vert-de-gris autour des bouches de la Sainte Famille – du vert-de-gris qui, par une extension lente, mais continue, gagnait le nez et les yeux, suivant les mouvements des gens qui se penchaient sur les statues. Il se communiquerait à tout le visage qui menaçait de disparaître sous le monstrueux lichen. Quand le printemps s'annonçait, dès les premiers jours d'avril, les femmes allaient au presbytère, nettoyaient, astiquaient, époussetaient les objets saints et les sortaient à l'air frais.

Avec les premiers jours ensoleillés on voyait aussi mieux le vert des prés dans toutes ses nuances. Des jardins entiers qu'il ne valait plus la peine de cultiver, parce que la terre était devenue stérile, disparaissaient sous le vert brillant du trèfle. Après l'école, les enfants essayaient d'y trouver de petites plantes à quatre feuilles et je cherchais, moi aussi, un tel spécimen, tout absorbée, parfois pendant des heures. Je ne me souviens plus si j'ai toujours cherché en vain ou si j'en ai une fois trouvé un. Ce qui m'est resté en mémoire est lié à l'idée qui germa peu à peu en moi : le bonheur d'un trèfle à quatre feuilles consistait à le tenir dans la main, à l'avoir délivré de la masse confuse de ses congénères. Isolés, ils prenaient de l'importance. Un jour, cette recherche me parut stupide et je l'abandonnai. Mais point la chance dont le trèfle était porteur. Cela demeurait un motif pour s'attarder près des champs de trèfles. S'il y avait effectivement une plante de ce genre, pensais-je, elle devrait déjà agir par elle-même, par sa seule présence.

Et parce que la recherche était si difficile, je décidai de ne plus chercher la chance dans le vert bourdonnant de la prairie. Par une destitution sacrilège, j'ôtai au trèfle son pouvoir, me figurai être moi-même un trèfle à quatre segmentations bien formées et m'étendis au milieu du pré. C'est ainsi que j'accordais ma confiance aux plantes comme aux êtres humains. En rôdant au fond des terrains de mon grand-père, je vis les muguets. Entre des murs de pierres artistement superposées, parmi les hauts brins d'herbe, les pissenlits et l'oseille, les cultures de maïs et de pommes de terre, je les vis pour la première fois.

Plus tard, quand je dessinais des fleurs, c'étaient – au début je ne l'avais pas remarqué – toujours ces premiers muguets qui, avec leurs rayures couleur de noix et leurs clochettes qui pendaient délicatement à un bout clairsemé du jardin, s'élevaient au rang de fleurs des fleurs. C'était après Pâques, et au loin, dans la clarté du jour qui se levait –, c'était mon tour de conduire les vaches à l'abreuvoir – on entendait le sonneur de cloches vaquer à sa tâche matinale. Le carillon arrivait de la petite église de pierre, datant du Moyen Âge, autour de laquelle, en des temps très anciens, on avait aménagé un cimetière d'un désordre tout païen. La rosée tombait en perles des ventres incurvés des muguets et se perdait vite dans l'herbe épaisse. Aussi longtemps que possible, j'essayais de suivre du regard la perle de rosée. Si je la perdais des yeux, j'essayais de la retrouver entre les herbes et les tiges.

Ces jours ont disparu dans le néant, engloutis par une mémoire qui recommença à se mouvoir quand maman perdit connaissance et, d'un jour à l'autre, les yeux égarés, se mit à me parler de cécité. Je vis un petit grain qui se promenait devant mon œil droit. À travers ce petit grain je ne distinguais rien, il était très petit, un pixel, pas plus, et de surcroît noir.

Maman m'avait souvent raconté l'histoire de la cabine téléphonique, le supplice de ne plus savoir d'où elle venait. Lentement le noir s'était étendu devant ses yeux, l'obscurité était venue comme un drapeau de soie, et ensuite la chute. Cette histoire est aussi ton histoire, répétait-elle, chez moi aussi c'est un héritage qui m'était destiné et je n'y ai pas échappé.

J'avais compris qu'on devait aussi hériter de paroles. Leur poids était dans ma bouche et appesantissait tout ce que je disais. Plus tard je me demandai s'il pouvait y avoir des enterrements pour les mots et si le chagrin qu'on a d'eux sort de la mémoire, leur ôte leur pouvoir ou seulement les rend nommables.

Mais alors qu'est-ce que cela signifierait de penser au vert-de-gris, aux bouches saintes des étés de mon enfance qui, entrouvertes, avalaient la poussière des chaudes journées de juillet quand on les préparait pour les processions ? Avec leurs joues comme des pommes, les statues me dépassaient, moi et ma mémoire au travail. Le rouge rose de leurs joues, maman aussi l'a vu. Avant les grandes processions du vendredi saint, elle me recommandait de ne toucher et de ne baiser que les pieds de Jésus, des pieds où était fiché un long clou comme la pile d'un pont oublié qui avait un jour été construit avec beaucoup de peine. Une longue file de gens se formait dans la nef centrale, au bout il y avait l'autel et, devant lui, le crucifix de taille humaine vers lequel tous se dirigeaient pas à pas. On entendait des froissements de billets (ma déception fut grande le jour où je découvris qu'ils servaient au prêtre pour acheter à manger), ils atterrissaient devant les pieds de Jésus et formaient une montagne. Quand on avait baisé les pieds du Christ et qu'on s'était signé, on voyait alors qu'il y avait aussi de très gros billets.

Un jour je feignis de poser par hasard mes mains contre les mollets du crucifix, je voulais sentir l'effet que cela faisait de toucher la chair interdite de Jésus. Rien ne se passa. À partir de ce jour je refusai de me placer dans la file silencieuse pour attendre d'être déçue par Jésus. Même maman ne réussit pas à me faire démordre de ma décision.

Lorsque revint le souvenir de cette époque où culpabilité, péché et châtiment étaient masqués par l'odeur des fleurs et la parole tremblante de ma mère, je ne soupçonnais pas que le petit grain noir reparaîtrait et que je me tiendrais devant maman comme devant une forêt à peau sombre. Les arbres se mettaient à flotter. Le lointain du paysage disparaissait dans le petit grain noir qui s'étendait de plus en plus vite. Les vallées s'enfonçaient dans le brouillard. Le jour où ma mère revint de la cabine téléphonique, je pris dans ma main le point vagabond et le jetai dans la rivière.

J'ai longtemps regardé la rivière et contemplé le scintillement du soleil dans ses propres miroitements. Comme à l'époque où je me penchais sur les muguets, je suivais une perle qui se perdait dans l'espace. Cette fois je distinguais très bien la rosée noire. Elle disparaissait de plus en plus vite, je ne la quittai pas des yeux jusqu'au moment où elle ne fut plus visible. Mais pendant tout ce temps je la suivis des yeux, peut-être plus longtemps encore.

Je rentrai à la maison et, dans ma chambre, voletaient des centaines de papillons dont je commençai à apprendre les noms. Une lettre, comme cette carte postale de la « jolie vallée », « pur chiffon », était glissée sous ma porte. Elle était de maman, et n'avait ni salut final, ni formule initiale. Une seule phrase remplissait la feuille blanche. « Je l'ai fait s'envoler vers toi d'un pays lointain, comme un accompagnement bigarré, aux yeux multiples, pour les longs voyages vers l'Asie, l'Afrique, l'Australie. Ton papillon aux yeux multiples. » Il était bon de savoir que ma cécité nageait dans la rivière et que le temps des voyages était venu.

Mon oncle Joseph

Mon oncle Joseph ne s'appelle pas du tout Joseph. Je suis seule à lui donner ce nom, parce qu'il boit. En vérité il s'appelle tout autrement.

« Un travailleur immigré reste un travailleur immigré », me dit-il quand le dimanche je lui rends visite dans sa chambre de quinze mètres carrés. Même si l'expression de « travailleur immigré » est passée de mode et que l'on parle maintenant de concitoyens étrangers, cela ne change rien à la vie de mon oncle. Il est debout, jouant le costaud, devant la petite baraque, un kiosque qui, en un rien de temps, s'est développé en un supermarché moyen où l'on peut tout acheter, depuis le vin rouge turc jusqu'aux chiffonnettes pour lunettes.

À la baraque mon oncle boit ses bières et ses schnaps. Ses lunettes épaisses, je crois que ce sont les plus épaisses qui aient jamais existé, il ne les ôte jamais. Bien que les autres travailleurs immigrés rient de lui et le traitent de poule aveugle, il ne renie pas ses yeux bleus en boules de loto et peut mettre fin aux railleries grâce à ses muscles extraordinairement développés, en soulevant à bout de bras en une seconde tout ce qui semble impossible à soulever. En ces moments il y a plus d'électricité dans l'air que dans tous les autres kiosques à la ronde. Les hommes cessent de rire. La seule chose qui les impressionne, c'est la force.

Mon oncle Joseph boit sec. Mais cela ne nuit pas à sa réputation sur les chantiers allemands, car il est le plus fort pour charrier les pierres. Il le prouve tous les jours. Ses hernies, il les camoufle en graves refroidissements qui se seraient portés sur les reins. Et une fois guéri, il continue. Tous les jours. Même en hiver, à la mauvaise saison.

Mon oncle Joseph est un homme solitaire. Sa femme Maša vit avec les enfants en Slavonie et ne se manifeste que quand elle a besoin d'argent. Alors elle pépie et susurre au téléphone ou envoie des baisers en exprès.

Tante Maša est une jolie femme au teint d'une pâleur distinguée. Surtout après que mon oncle fut allé travailler en Iran, elle a su employer ses charmes évidents. Tous les billets qu'il avait gagnés sous le soleil brûlant de Téhéran se sont volatilisés dans ses mains. Aussi mon oncle dut-il repartir pour trouver du travail, à l'étranger, et cette fois ce fut l'Allemagne. On cherchait alors de la main-d'œuvre qui travaillerait un certain temps et regagnerait son pays d'origine. Mon oncle Joseph n'aurait pas su où était le sien. Né en Dalmatie, il atterrit un jour comme batteur de blé dans le nord de la Slavonie, connut les vastes espaces de Pannonie et s'en alla au cœur de l'Autriche pour devenir installateur, puis il entendit parler d'un gigantesque projet de construction à Hambourg et sa famille ne le revit pas de quelques années. Mais désormais cela n'intéresse plus personne. La plupart ne font que rire quand quelqu'un parle parfois d'installateur, ils marmonnent que peut-être, comme plombier, il aurait pu réussir, mais comme ça…

Le plus important dans sa vie était sa douce Maša aux longues jambes, sa madame, comme il l'appelait. Quand mon oncle entendait parler des commérages qui couraient au village et dans la famille, il les écartait d'un geste de la main. Ce qui était important, c'était tout autre chose, disait-il alors, tout autre chose.

Il y avait désormais quinze ans bien comptés que mon oncle charriait des pierres et d'autres poids sur les chantiers allemands et envoyait les billets bleus et bruns en Slavonie. Quand le chef de chantier l'y autorisait, il partait exceptionnellement, même en pleine saison, voir sa belle qui ne semblait plus se réjouir. Après il me disait sa tristesse et toute l'inutilité de son pénible travail si sa Maša ne l'aimait plus. Ses enfants – le fils, avec les billets bleus et bruns gagnés en charriant les pierres, avait réussi à devenir un avocat considéré – prenaient de plus en plus le parti de leur mère et ne se gênaient pas pour dire ouvertement leur haine de ce père qui buvait.

En de telles situations mon oncle ôtait ses lunettes et pleurait à chaudes larmes sur l'injustice du sort que le ciel lui avait imparti sur cette terre. Sur cette terre ! s'écriait-il, comme s'il y en avait eu une autre. Un jour, désespéré, il jeta ses lunettes dans un coin. Les verres jaillirent de la monture et l'un vola tout droit derrière le vieux frigo jauni par la fumée de cigarette. Nous dûmes déplacer tout ce qui se trouvait dans la pièce. C'est que tout était petit dans cette chambre. Puis il marcha sur le verre qui venait d'être récupéré à grand peine et son malheur s'aggrava : parce que mon oncle était un oncle presque aveugle et qu'il ne pouvait faire face au monde qu'avec ses lunettes.

Quand il eut vent que tante Maša s'était cherché un amant, monsieur Ivan, il traîna des mois durant dans une petite gargote de gare et oublia les dimanches après-midi que nous passions ensemble. J'étais assise sur les froides marches de pierre, espérant qu'il ne tarderait pas à revenir, tout en sachant que, sûrement, il ne me raconterait pas d'histoires sur Téhéran, les villages pannoniens, l'Alster ou les beaux cafés viennois.

Un jour, au cours d'une de ses tournées de beuverie, oncle Joseph fit la connaissance d'Ilse. Ilse venait de l'est de l'Allemagne, la partie du pays à laquelle, à l'époque, les travailleurs immigrés ne s'intéressaient pas du tout ou très peu. Tous deux parlèrent de perdre ensemble leur tristesse. À Ilse, il manquait deux dents. Ma nouvelle tante parlait un dialecte que mon oncle, quelque effort qu'il fît, n'arrivait pas à comprendre, et peu à peu ces difficultés de communication, qu'ils surmontaient encore au début, prirent un tour tragique. Le zézaiement chuintant dû aux dents manquantes de ma nouvelle tante ruina complètement toute conversation normale et pour finir on se débrouilla avec un langage gestuel des plus simples.

Un élément important de cette forme particulière de communication entre oncle Joseph et tante Ilse était l'énorme trou dans la caisse du couple, lequel béait de plus en plus à mesure que se prolongeait leur vie commune. Son obscurité se peignait, vaste et infiniment noire, sur le visage de mon malheureux oncle qui ne savait plus que faire.

Ilse désirait des gâteries, du savon frais à la pêche, des fruits des Caraïbes, et surtout elle aurait aimé de la crème fouettée dans un petit cône d'or brillant, tant elle avait le goût de l'excès. Peu après les deux se disputèrent, il ne pouvait plus être question de chasser ensemble la tristesse, c'était aussi qu'Ilse en avait assez d'être constamment confondue avec Maša et que la petite pièce où ils vivaient, loin d'être l'Ouest doré dont elle rêvait, était devenue pour elle l'image même d'une cellule de prison. Ilse disparut de la vie de mon oncle solitaire aussi soudainement qu'elle y était entrée. Quelques mois plus tard, je la vis vendre des saucisses de bœuf dans une baraque à frites. Elle avait les ongles peints en rouge, les cheveux couleur cerise, et le soleil brillait sur ses joues roses comme s'il lui réservait toute sa chaleur. Au moment où elle rit en regardant sa collègue, je vis que la brèche dans sa bouche avait rétréci. À défaut d'autre chose, la baraque à frites lui avait au moins rapporté une dent !

La réputation d'adultère de mon oncle s'était vite répandue parmi les travailleurs immigrés. Après le départ d'Ilse il se fit sans cesse porter malade et perdit son poste de charrieur de pierres. Désespéré, il passait dans sa chambre les longues journées monotones et ne porta bientôt plus rien d'autre que son costume rayé bleu sombre. Il décida de téléphoner de nouveau à sa Maša et de lui demander pardon. Celle-ci persista dans son refus de le revoir et raccrocha.

Andjela, la plus jeune fille de mon oncle, vint un jour en Allemagne. Vêtue d'un jean étroit et d'un pull-over rouge tricoté par elle, elle se tint devant la porte de son père et voulut se convaincre que la chambre était vraiment aussi petite qu'il l'avait souvent décrite dans son chagrin, un chagrin que, dans sa famille, on considérait comme une comédie inventée de toutes pièces. Mon oncle la flanqua dehors et accusa le soleil, le ciel et la mer des châtiments qu'on lui avait infligés. Il décida de ne plus jamais penser à sa madame de Slavonie.

Oncle Joseph n'étant pas une pierre mais un être de chair et de sang, de grosses larmes coulèrent de ses yeux bleus et s'installèrent en permanence sur ses joues rouges de buveur. Depuis quelques mois, il touche une pension dont il vit. Chaque mois il fait virer les trois cents marks du loyer. Le prix du schnaps augmente de temps en temps, mais à part cela mon oncle n'a pas de difficultés ; aux rares personnes qu'il rencontre parfois dans le parc, dans les rues, au café, il dit qu'il va bien.

Son héroïsme au travail reste un sujet de conversation à la buvette. Mais, même entre travailleurs immigrés, on ne peut pas raconter tous les jours que l'un coltinait les pierres les plus grosses et les plus lourdes ou les sacs de ciment de cinquante kilos, alors qu'un autre se défilait. Car naturellement il y avait aussi des types comme cela.

Mon oncle est un vieil homme sans amis. Ses frères ne vivent pas loin, mais ils ne veulent rien avoir à faire avec lui. Les jeunes filles de la famille ont honte d'avouer qu'oncle Joseph est un parent. Les années passant, il s'est habitué à la solitude et est devenu tout petit, aussi petit que la pièce sans fenêtre qu'il a habitée tout ce temps. À quoi cela tient-il exactement ? Personne dans notre famille ne le sait. On s'accorde à dire que chacun se débat avec le sort qu'il a choisi. Mais cela ne change rien à sa tristesse qui grandit et s'approfondit de jour en jour. Elle en devient de plus en plus insupportable. Récemment il a dit qu'il aurait pu avoir une vie différente s'il était resté dans son pays. Le pain sec valait encore mieux qu'une chambre sans fenêtre. Et il préférait ne pas penser à la petite maison de pierre.

Je ne sais pas si mon oncle a raison ou non. J'ai juste entendu dire que dans notre pays aussi il y a une tristesse qui fait mourir les gens seuls, mais je ne sais pas très bien différencier ces tristesses. Dans mon village les gens n'ont pas d'argent et se rencontrent tous les matins sous les figuiers pour boire le moka. Bien qu'ils ne puissent pas en acheter, on voit toujours quelques tasses sur la table et des mains qui se tendent pour les prendre, des bouches qui parlent et boivent le café. Parfois je crois que ces gens sont comme des enfants qui, absorbés dans leur jeu, n'ont pas le sens du danger et à qui, pour cette raison, rien n'arrive jamais. Oncle Joseph, cet oublié entre deux mondes, ce solitaire dépouillé de sa langue, mettrait en danger leur inconscience. Rien qu'avec son cœur il la détruirait, un cœur qui réagit aux changements par à-coups, comme sous une canonnade. Mais que peut bien faire celui qui a construit à sa famille une maison dans laquelle il n'a plus le droit de mettre les pieds ?

Dans mon pays j'ai vu les plus beaux arbres et bu le moka le plus noir. Dans la région d'où je viens et dans laquelle mon oncle aussi est venu au monde, il y a des papillons qui sont – dit-on – des sorcières envoûtées et des fées plus méchantes que bonnes qui apportent plus de malheur que de bonheur. Elles habitent dans chaque maison, elles maudissent les gens et leur dérobent les yeux, la raison et les oreilles. Elles tourmentent le cœur faible et tablent sur la faiblesse humaine comme sur l'alternance des saisons.

Mon oncle Joseph sait cela. Peut-être a-t-il oublié que les fées n'ont pas de pays, ne sont attachées à aucun lieu et ne sont jamais que là où on les attend.

Les gens chez moi ne savent rien du sort de mon oncle, ils entendent seulement raconter telle ou telle histoire tragique à son sujet. Quand quelqu'un leur rapporte qu'on l'a vu tomber à plusieurs reprises dans le parc municipal, ils en parlent un, deux jours, puis pensent de nouveau à leur travail, aux champs, au moka, boivent le café amer sur de petites places ombragées et se racontent leurs rêves. Ils disent que l'oncle Joseph n'aurait pas dû partir. Les femmes slavonnes auraient toujours cherché les grands drames. Et auraient quitté leur mari avant même de passer avec lui le premier Noël. Oncle Joseph n'a rien su de cela. Il voulait simplement vivre dans un monde plus heureux.

Le souffle froid de l'amour

Un jour Rado dut partir, retourner dans son pays. Pour Ana ce fut comme si s'écroulait son phare intérieur, la haute construction qui entourait son bonheur. Le point de vue qui, du haut de ce beau cou, s'offrait à elle sur le monde et tout ce qui s'y passait, se rapprocha de plus en plus du sol et finalement s'évanouit. Le phare disparut, se retira dans l'obscurité des eaux, seules ses bandes rouges et blanches restèrent visibles. Ana y voyait un signe, elle espérait un miracle qui viendrait tout réparer.

Quand le train se mit en marche, Ana resta comme clouée au sol et cria. Elle se terra dans ses cris et suivit des yeux le train qui s'éloignait comme, en rêve, le transatlantique dans son cocon de brume. Le navire se déroba définitivement à sa vue, à la fin il disparut si vite qu'il aurait pu ne jamais avoir été là.

Au bout de quelques mois Ana reçut une carte de Rado sur laquelle on voyait une fille à longs cheveux. Elle était assise sur un banc de parc enchanté, entouré de feuillage, au milieu de la forêt. Une couronne de fleurs des champs et de myrte ornait sa chevelure. Sous l'étoffe de lin qui couvrait son corps jusqu'aux chevilles, sa nudité transparaissait, lumineuse, comme si elle se trouvait dans une clairière ou à la sortie d'un tunnel qui promettaient une lumière perpétuelle, qui ne voulaient plus jamais être obscurité, plus jamais passage, mais lieu de repos et de séjour durable. La carte était en cyrillique : C'EST AINSI QUE JE VEUX T'AVOIR : TOUJOURS PRÈS DE MOI. C'était l'écriture de Rado.

Comme une molle plume la folie des grandeurs de Rado toucha les joues d'Ana. C'était une sorte de demande en mariage. Sa mère voulut savoir ce que disait cette carte avec son écriture chiffrée. Ana se tut. Elle a été envoyée de Tchécoslovaquie ou quelque chose comme cela, dit sa mère. Ana espéra que la rougeur de ses joues ne la trahirait pas et fourra vite la carte avec fille et forêt dans son sac noir de paille tressée. « Une carte est une carte », dit-elle, et elle savait que c'était une carte de mariage.

C'EST AINSI QUE JE VEUX T'AVOIR. TOUJOURS PRÈS DE MOI. Presque tous les jours, dans les années qui suivirent, elle sortait le dernier signe de Rado et espérait davantage de mots, davantage de signes et un peu de sa belle mégalomanie. Mais rien n'arrivait. Quelque chose s'était glissé entre eux, quelque chose de sévère et d'autoritaire qui surveillait sa place, ne bougeait pas d'un pouce, s'incrustait, et ce quelque chose, oui, faisait la sourde oreille à tous les mouvements du cœur, si minimes qu'ils soient.

Ana n'avait ni l'adresse de Rado ni son numéro de téléphone. Elle lui écrivait tout de même. Sur l'enveloppe elle dessinait en majuscules fleuries son nom, sa ville et le pays où il habitait désormais. D'une certaine façon elle avait le sentiment que, si elle traçait les lettres assez grandes, les facteurs en reconnaîtraient l'importance et se mettraient en quatre pour trouver ce Rado et lui faire parvenir son courrier le plus rapidement possible.

Ana écrivait à Rado lettre sur lettre, non, elle lui envoyait enveloppe sur enveloppe, car elle n'écrivait pas de lettres ordinaires ni ne formait des phrases cohérentes, elle lui envoyait des rythmes parlés, certaine qu'il les comprenait. Naturellement elle espérait que les facteurs devineraient quelque chose et se sentiraient chargés de messages d'importance vitale, champions des sentiments pour lesquels ils affrontaient les milliers de noms et de rues, et naturellement ils sortiraient de l'épreuve en vainqueurs rayonnants.

Son amie Dijana était d'avis qu'elle croyait aux contes de fées pour n'écrire à Rado que des poèmes, sans commentaire, sans même l'inviter une seule fois à lui répondre. Sans jamais lui demander ce qu'elle avait à attendre de lui. Ce qu'il fallait, c'était une vraie lettre, réfléchie, où elle dirait clair et net ce qu'elle se figurait. Elle nota sur un papier ce qu'Ana devait écrire. D'abord Rado devait lui indiquer son adresse, afin d'en finir avec ces simagrées, ces majuscules aux courbes bizarres, et ensuite il devait lui dire s'il l'aimait encore et quand il reviendrait.

Ana posta la lettre. La détermination avec laquelle Dijana lui avait conseillé de clarifier sa vie l'avait incitée à écrire cette lettre de fonctionnaire. Mais quand elle eut disparu par la longue fente de la boîte jaune, elle se sentit mal à l'aise. C'était une angoisse latente, un pressentiment. Elle le ressentit à la démarche des gens, le vit dans la frayeur du chat qui, un bon moment, avait tourné autour de ses chevilles et tremblait maintenant de tous ses membres.

Les lettres de Rado n'étaient jamais parvenues à Ana. Ses parents les avaient cachées dans le vieux buffet et un jour les avaient jetées. Une année à Noël, ayant trop bu, son père trahit sans le vouloir le secret bien gardé. Elle n'éprouva pas l'envie de se venger. Quand elle l'apprit, elle s'étonna de son indifférence. Quelle sorte de vie manque-t-on pendant qu'on en vit une autre ? Elle ne le savait pas, elle ne chercha pas non plus à le découvrir, il n'était pas question de revenir en arrière. Elle se demanda comment Rado s'était expliqué qu'elle n'eût pas répondu à ses lettres. Ce qu'il avait éprouvé quand il avait appris que depuis trois ans elle vivait avec un autre homme.

Quelques semaines après Noël elle décida de téléphoner à la sœur de Rado pour lui demander le numéro de son frère. Le téléphone sonna quatre ou cinq fois. Puis Rado prit l'appareil. Ana entendit sa voix grave. « Rado, c'est Ana. » Et Rado demanda : « Quelle Ana ? » Elle raccrocha. Le mot formé sur ses lèvres tomba dans le silence entre respiration et souffle coupé. Pourquoi ne l'avait-il pas reconnue ?

Parfois les gens perdent la mémoire délibérément, parfois elle leur est dérobée. Mais toujours les phrases d'un passé disparaissent dans de petits cratères, fermés, étanches. Avec le temps, l'activité de ces cratères s'éteint. Jours et nuits s'y déposent et, à un moment, commencent à vivre, coupés du monde, dans l'obscurité des volcans. Alors les mots se changent en êtres humains et les êtres humains en mots, alors commencent une vibration lumineuse, un bruissement qui s'en vont pardessus les mers, les mers où dérivent des arbres entiers de générations. Là, dans la profondeur bleue, au fond de la mémoire, les souvenirs dérapent çà et là, fragments de vie transportés sur le verglas. Là, aucune souffrance ne pèse plus et même Rado n'est qu'un être qui se protège lui-même. Chacun est tout et rien dans cette souffrance ; tous sont égaux. Les pensées bondissent comme des chiens hors de leurs pauvres niches. On pourrait croire que la parole hâtive prouve la folle absorption de la tête. Sans doute que, là, quelque chose grandit qui peut se déverser comme un ruisseau. Mais qui prétendra qu'il n'a pas contribué à bâtir le grand cratère, stupide face à son propre oubli ? Quand les mots disparaissent et que les choses sont abandonnées depuis longtemps, alors, dans le monde, des frères se trouvent qui ne soupçonnaient rien les uns des autres. Seule leur histoire leur rappelle qu'ils ont des parents qui jouent au destin.

Katarina Jadovna

Quand, de l'étranger, Katarina Jadovna arriva dans le village de son mari, avec deux petites valises noires et un sac en plastique plein de photos de mariage, on lui assigna tout de suite le vignoble, les provisions pour l'hiver et les trois champs au-dessus des thuyas. Comme toutes les femmes elle devait aussi ramasser du bois pour la saison froide et le stocker dans le hangar. Dans les forêts, aux endroits clairs, deux cordes solidement tressées étaient étendues sur le sol et on y déposait les grosses et petites branches jusqu'à ce que la hauteur du tas correspondît à peu près à la taille de la ramasseuse. Les femmes s'agenouillaient, le dos contre la montagne de bois un peu plus haute que leurs corps généralement minces, passaient les grosses cordes par-dessus leurs épaules et se les attachaient sous la poitrine. Lentement elles se levaient et rentraient chez elles, titubant au début, puis, d'un pas de plus en plus sûr, traversaient les jardins séparés par des murs de pierre, derrière les maisons où les attendaient d'autres tâches qu'il leur restait juste le temps d'accomplir.

Cette image des femmes chancelantes dominait à la fin de l'été aux heures matinales. Seuls quelques hommes étaient en chemin. Ils voulaient aller au marché à la ville et se hâtaient pour ne pas rater l'autobus dont les gros phares, perçant le brouillard, étaient repérables dès le troisième virage de la route en lacets. Souvent ils ne réussissaient pas à arriver à temps à l'arrêt parce qu'ils se débattaient avec trois, quatre sacs pesants. Et quand un chauffeur n'était pas de la région et ne connaissait que les histoires effrayantes qui circulaient sur les habitants de l'arrière-pays – ni gens de la côte, ni gens des montagnes, c'était déjà suspect – il appuyait encore plus fort sur l'accélérateur afin de ne pas être obligé d'emmener ces hommes qui couraient avec une maladresse déconcertante. Si le chauffeur se trouvait être un citadin, il ne savait rien des poivrons fraîchement récoltés, des amandes décortiquées à grand-peine ou des fragiles *pomodori*, dont les Italiens avaient laissé le nom lors d'une de leurs occupations, ce qui eut pour conséquence qu'un écrivain, originaire d'une région plus septentrionale, écrivit un texte joliment intitulé *Une Italie qui n'est pas l'Italie.* Les enfants racontaient que les étrangers, lors de leur départ précipité, avaient plutôt oublié que « laissé » leurs mots, ce qui ne voulait pas leur entrer dans la tête, car comment ces gens allaient-ils faire désormais, dans leur propre pays, avec leurs tomates, s'ils n'avaient pas pour elles un nom plus usuel et compréhensible par tous ?

Comme les autres femmes, Katarina Jadovna assumait ses tâches en silence, ramassait le bois, ne savait rien des dangers, se taisait et priait. Elle attendait le retour de son mari qui voulait gagner encore un peu d'argent à l'étranger pour fonder une famille avec elle. Il n'était pas habituel d'envoyer sa femme seule dans la maison des parents. Cela ne se faisait pas et c'était tout simplement une irrévérence.

Pour Katarina la vie devenait difficile. Ici Dieu n'était jamais oublié ; dans tout ce que les gens ne pouvaient résoudre eux-mêmes, ils voyaient sa volonté. Son œil était partout. Il était caché même dans les fentes et les trous des planchers bruns usés, il veillait, prêt à punir, derrière portes et fenêtres, il errait dans les forêts et épiait tous les coins du monde. Katarina attendait patiemment les lettres de son mari qui se raréfiaient. Plus il devenait évident que les lettres n'arrivaient pas, plus on morigénait la jeune femme. Aux yeux de sa nouvelle famille, des voisins et du curé, elle était une sauvage qui était arrivée un jour au village sans mari, avec un sac en plastique plein de photos de mariage et deux valises au contenu absurde – rien que des vêtements de couleur –, et avait demandé le chemin de la maison de ses beaux-parents. Une inconvenance qu'on ne lui pardonnait pas. Rien ne se perdait chez ces gens. Ils traînaient depuis des siècles leur lourde mémoire et au fond rien ne les touchait, sauf leur droit. En eux sommeillait une ancienne colère, arbitraire et imprévisible, qui comme un orage risquait d'éclater d'une seconde à l'autre. Un étranger ne pouvait jamais prévoir ce qui attirerait sur lui la hargne de ces gens, ni deviner le moment où leur colère pouvait encore être détournée.

On savait que, au cours des derniers étés, quelques femmes avaient trouvé la mort dans les bois, surtout par les jours où la chaleur ne cédait pas pendant la nuit et pénétrait dans le sol des forêts qui pouvait garder longtemps l'humidité. Bientôt il n'y avait plus aucun endroit humide, pour ne rien dire d'un point d'eau, et c'est pourquoi, à ce qu'on raconte dans une de ces histoires effrayantes parvenues aux oreilles des chauffeurs d'autobus, les serpents s'attaquaient au corps des femmes pour boire leur sang.

Les malheureuses ramasseuses de bois, préoccupées par leur tas de branches et les enfants qui les attendaient à la maison, avaient par mégarde enfermé un serpent, parfois plusieurs, dans leur chargement. Les animaux à l'étroit, après d'assez longues tentatives pour se délivrer de leur cage de branches, avaient mordu les femmes à la nuque ou plus bas dans le dos, au moment où elles se remettaient debout. Les femmes tombèrent par terre et à l'aide des mains se traînèrent tant bien que mal à travers les feuilles sèches qui crissaient à chaque mouvement, jusqu'à ce que le poison se répandît dans leur sang. Après s'être défendues pendant des heures, elles abandonnèrent leur combat sans espoir. Leurs cris que personne ne pouvait entendre, car il n'y avait personne à proximité, se turent. Et elles moururent seules dans la clarté brûlante du jour qui se levait.

On se hâta de les enterrer. L'odeur suffocante de l'encens emplissait l'église pauvrement décorée. Après une brève cérémonie on ferma la tombe comme si ce qu'on avait mis en terre n'était pas un être humain, mais l'incarnation de l'effroi. Celui qui est mordu par un serpent est lui-même un serpent, expliqua-t-on à Katarina. Une femme avait survécu aux morsures. On l'évitait et on ne la regardait plus dans les yeux. D'un commun accord, sans échanger une parole, on avait convenu de voir en elle une ancienne sorcière ressuscitée, ce qui équivalait à l'enterrer vivante.

Les étrangers doivent toujours montrer qu'ils savent faire quelque chose et les pièces rapportées étaient presque toujours des étrangères, il était rare qu'on épousât une femme du village. Katarina était forte et capable d'accomplir beaucoup de durs travaux. Cependant elle ne gagnait pas la confiance des villageois, pour ne rien dire de leur bienveillance. Les lettres de l'étranger étaient rares, tout le monde le savait et trouvait cela suspect. Ils s'irritaient que l'un d'eux eût envoyé cette femme sans les avoir prévenus, eux, les anciens. Il arriva ce qui devait arriver. Le mari de Katarina mourut d'un accident cardiaque dans ce pays lointain et aussitôt on commença à jaser. Son cercueil fut ramené au village. Il était grand et noir, long, plus long que les serpents qui, onduleux et séduisants d'agilité, vivaient derrière les buissons, guettaient dans les forêts. De temps à autre ils s'égaraient sur l'asphalte brûlant au milieu duquel la sacro-sainte ligne blanche les attirait par sa forme. La route devenait pour eux un piège. Ne ressemblait-elle pas à leur propre race, cette race d'anguilles à laquelle, glissants et insaisissables, ils appartenaient et par laquelle ils étaient protégés, voire libres ?

Tranquillement ils se cherchaient des niches de nourriture et passaient l'hiver dans les creux cachés de la terre. Ils rongeaient comme des écureuils la noix de la route qui devenait inévitablement la dernière, la noix de leur mort. Le soleil brûlait trop longtemps, les automobiles roulaient trop vite vers le sud et même eux trouvaient la mort, les serpents verts, onduleux, éternels.

Katarina était seule, elle l'avait déjà été avant la mort de son mari, mais désormais elle se rendait compte qu'elle ne possédait rien d'autre qu'un sac en plastique avec ses photos de mariage. Souvent, à la lueur vacillante de la bougie, elle les avait contemplées, comme Cendrillon le soulier de vair qui ne lui appartenait pas et ne pourrait jamais lui appartenir, tout aussi peu qu'à elle, son mari.

Elle comprenait de mieux en mieux les lois de ce village sur lequel pesait une malédiction et ce no man's land aurait fini par avoir raison d'elle si elle ne s'était pas décidée à partir. Dans la vieille armoire où elle avait caché ses photos, elle prit le sac en plastique et descendit à la mer. Elle s'assit sur les récifs et leva le sac à la hauteur de sa tête. Lentement d'abord, puis de plus en plus vite, les photos de mariage s'éparpillèrent dans les airs. Pour dire adieu, elles décrivirent des cercles. Puis furent emportées dans les vagues ondulantes, s'enfoncèrent, refirent surface. Le bruit des vagues était comme le murmure des gens photographiés qui, entre les ballottements et le tourbillon qui suivait, essayaient une dernière fois de se parler, avant que les creux écumeux ne s'ouvrent et qu'ils ne disparaissent à la vue.

L'amateur de lis

Sur le sol humide derrière la prairie salée, Jakob avait découvert les lis et en avait volé une brassée pour Elena. Ces belles fleurs sveltes, surtout les colchiques, lui rappelaient une histoire que sa grand-mère lui avait racontée.

Dans le village de Jakob il y aurait eu autrefois un amateur de lis du nom de Mirko Kovinjski. Il passait sa vie à cultiver les lis les plus variés, chaque jour il allait voir les nouvelles fleurs et s'adressait à chaque plante par son nom, célébrant les mots comme la sainte communion et intercalant entre eux de petites pauses bien placées. Les noms chargés de promesses s'envolaient par-dessus les prairies salées jusqu'au village proche et se divisaient en messages au-dessus des montagnes, comme des signaux de fumée. L'attention que portait Kovinjski aux fleurs, les enjôlant littéralement comme si elles étaient de vrais êtres vivants avec des yeux et une mémoire, éveilla chez les villageois cette méfiance imprévisible qui peut brusquement se changer en haine. Il n'y avait pas besoin de motif, il suffisait que celui qu'ils observaient de près fût différent – et Kovinjski l'était vraiment, car il parlait avec les lis.

Un jour il avait sarclé et bêché toute sa propriété, quelques champs en longueur et une rangée de jardins et de prairies à l'abandon, et il y avait planté des lis. Peu après sortit de terre une magnificence jamais vue. Le lis de la Madone, le lis royal et le lis safrané, le lis tigré, le martagon, le colchique, la couronne impériale et l'hémérocalle, l'iris et les lis nains des vallées, le muguet, la gagée jaune, les uvulaires et le sceau-de-Salomon, les asphodèles et le lis de paradis, la jeannine, deux ou trois jacinthes, dont l'orientale et la jacinthe musquée, quelques dames-d'onze-heures et des variétés de tulipes inhabituelles, qui laissaient trôner au milieu d'elles les vulgaires tulipes de jardin comme de petites couronnes dentelées, balançaient leurs têtes épanouies, leurs ventres à pollen, leurs minces jambes et leurs odeurs de rosée. De loin on aurait dit que les fleurs dansaient sur une scène sans horizon qui elle-même était faite des couleurs lumineuses des lis et du vert étincelant de leurs feuilles et ne voulait pas bouger de l'instant présent, se sachant au service d'un dieu qui était davantage que le portrait d'un saint, davantage que l'enveloppe d'un mot, davantage qu'une image qui ne pouvait tenir ce qu'elle promettait, et plus que le regard humain ordinaire n'était capable de voir.

Les voisins de Kovinjski restaient méfiants. Au début, on le traitait encore aimablement, mais on avait très vite commencé à discuter sous cape de son « état inquiétant », selon l'expression choisie à dessein par un de ceux qui parlaient le plus. Pour ajouter à leur contrariété, Kovinjski possédait les spécimens les plus rares. Ce que les gens ne connaissaient pas et ce qui leur paraissait étranger, ils l'attribuaient à une puissance lointaine forcément nuisible. Sur ce point il n'était plus besoin de se mettre d'accord, le bon et le mauvais étaient fixés depuis toujours. Sous la forme du fléau des lis – il était clair que cette plantation pour eux absurde ne pouvait rien présager de bon –, ils étaient confrontés à une situation inconnue qu'ils ne savaient comment traiter. Ces centaines de fleurs violettes, orangées, rouges et blanches les préoccupaient plus que la perspective d'une mauvaise récolte. Désormais elles recouvraient de leur luxuriance les anciens champs de pommes de terre et de maïs. Le flot coloré, dans l'esprit timoré des voisins, menaçait d'envahir leurs propres cultures. Le tout n'était qu'un gaspillage d'eau scandaleux, jugeait leur porte-parole.

Kovinjski lui-même se sentait protégé par son champ de fleurs. Il l'apaisait. Cette orgie de couleurs finit par emplir toute sa vie. Il semblait presque qu'un être supérieur lui eût fait obligation de considérer les lis comme les véritables humains. Les lis lui disaient des choses que personne ne savait lui dire. Cela tenait peut-être au fait que leurs paroles n'avaient pas de but et, désintéressées, se perdaient dans l'espace. Cela plaisait à Kovinjski, elles n'exigeaient rien de lui. C'était pathétique, mais non exagéré, quand il disait que les lis parlaient sans rien désirer.

Mirko Kovinjski passait l'été couché dans son champ. Plus il regardait l'immensité bleue du ciel, plus elle lui semblait s'éloigner. L'espace illimité s'ouvrait à perte de vue et, certains jours, Kovinjski arrivait même à voir à travers la deuxième, souvent la troisième couche de nuages.

La colère des villageois allait croissant. Quand Kovinjski tomba dans une fosse et se cassa une jambe, la situation atteignit un point critique. Il réussit tout juste à se traîner jusqu'à ses lis, s'étendit dos contre terre, comme s'il pouvait ainsi chasser la douleur de son corps. On murmurait que les lis l'auraient guéri en quelques minutes. Un ouvrier l'aurait vu boiter et s'étendre sur le sol, et une heure plus tard, comme si rien ne s'était passé, il serait reparti tout gaillard du côté des montagnes comme s'il voulait y vivre éternellement.

Kovinjski ne pensait nullement à mourir. Depuis qu'il parlait avec les lis, il ne croyait plus à l'âge. Les lis lui enseignaient la jeunesse. Mais un jour, ses jambes en eurent assez de marcher, les contacts entre esprit et corps étaient usés, tout ce qu'il pouvait croire n'y changeait rien. Il dut s'aliter.

Le courage des villageois tripla en un rien de temps. Sachant que l'amateur de lis ne pouvait plus quitter le lit, ils laissèrent libre cours à leur haine effrénée des fleurs. Dans la nuit ils prirent leurs torches et se rendirent à la maison de Kovinjski. À travers ses carreaux vides, les trous noirs de leurs bouches crièrent : « Kovinjski, nous allons tuer tes lis ! » Ils se rendirent dans ses champs pour mettre fin à la splendeur des fleurs.

La grand-mère de Jakob avait assisté de sa fenêtre à cette dévastation. Elle n'osa pas s'opposer à la horde. Cette nuit-là, quiconque était pour les fleurs était contre le village et ses habitants, et les gens en colère ne pouvaient pas tolérer cela. Ils n'épargnèrent aucune racine, piétinèrent le plus petit lis aussi vite qu'ils purent. L'un d'eux se mit même à déchiqueter les fleurs à belles dents et à les recracher. Ils sévirent jusqu'à ce que tout fût anéanti. En très peu de temps tout fut ravagé sur une surface de plusieurs centaines d'hectares. Un instant, on regarda une dernière fois les lis aux longues racines que l'on avait entassés avec la hâte propre aux meurtriers et aux voleurs, avant d'y mettre le feu. La montagne brûla pendant des jours tant elle était haute et large.

Mirko Kovinjski passa encore bien des années dans sa maison. On ne sait rien de précis sur lui, mais on dit que le souvenir des lis l'a tenu en vie. Même quand la guerre éclata et que les tziganes cessèrent de chanter leurs chansons.

Ma tante Aurore

Ma tante Aurore perdit deux enfants. Le fils fut retrouvé sur la rive d'un fleuve lointain. On ne sut pas comment il était mort, si on lui avait fait violence ou non. La fille mourut par une nuit tranquille, à côté de son mari qui dit n'avoir rien remarqué.

Ma tante Aurore se lève tous les jours pour pleurer. Et se cogner la tête contre des murs grossiers. Sans cesse, en se chantant des berceuses comme des litanies, elle se tape la tête contre le pot de géraniums devant sa maison à un étage. Parfois les enfants des voisins viennent s'amuser là, courent en tous sens, jouent à cache-cache derrière le gros tilleul, dans l'étable, dans la cuisine d'été.

Tante Aurore est d'une beauté bleu pâle. Avec le temps, le fichu noir et les berceuses lui avaient donné une transparence inquiétante et curieusement aérienne.

Les hautes pommettes d'ascète encadraient son visage qui, sous certains éclairages, ressemblait à un abîme d'ombre. Ses yeux erraient fébrilement à la ronde et les enfants qui jouaient lui semblaient des envoyés du diable, ligués dans un jeu inconnu. Quand ils riaient et s'ébattaient, elle leur lançait des mots comme des pierres. Mais elle ne haïssait pas les enfants. Dans le regard de ma tante il y avait un singulier égarement. On avait l'impression que, dans tout ce qu'elle faisait, elle cherchait sans relâche des anomalies dans les âmes des enfants. Au vieux cimetière, l'hiver précédent, elle avait vu enterrer un petit voisin de deux ans. Dans son cercueil blanc. On mit l'enfant en terre avec des fleurs des champs et seule une simple croix de bois rappela qu'il avait vécu. Ma tante était sûre que c'était ainsi qu'on enterrait les anges. Depuis ce jour elle ne parla plus que de safran des prés. Personne ne s'expliquait d'où elle tenait ce mot, jusqu'à ce que l'on comprît qu'il devait être en rapport avec une chanson enfantine que l'on avait encore chantée dans la région quelque temps auparavant.

Marjan et Ivana n'étaient plus des enfants quand ils moururent. C'étaient des adultes. On les enterra donc comme tous les autres. Ivana avait eu peur de la nuit et des rêves qu'elle ressentait comme démesurément vastes et sans bouche. Les rêves, disait-elle, m'engloutissent, et elle essuyait son corps trempé de la sueur de la nuit, tandis que ses lèvres se serraient jusqu'à n'être plus qu'un trait. Son visage aux arêtes vives prenait la forme d'un triangle où il n'y avait pas de place pour le mouvement. Tout y était verrouillé, vissé, à l'abri des rêves.

Marjan était un garçon timide, tremblant. Il parlait bas, toujours soucieux de n'effrayer personne, de ne causer à personne la moindre peur. Une mélodie invisible accompagnait les coins de ses lèvres où s'était enfouie une vie sans rire. Sans sa timidité et le tremblement de son corps, il serait demeuré invisible ; on ne le remarquait que quand il parlait. Parfois il semblait ne supporter son corps et son visage que parce qu'il avait le constant désir de s'en défaire, parce qu'il les effaçait des profondeurs bouillonnantes de sa mémoire. Avec les années il semblait y réussir de plus en plus aisément, et peu de temps avant sa mort il n'existait plus que comme l'image pâlissante d'une forme humaine.

Ivana aimait les fleurs de Russie. Son père les avait rapportées d'un de ses mystérieux voyages. Le nom du lieu, quelque part loin à l'est, il ne le savait plus. À l'époque déjà il buvait et par la suite il fut en butte à des crises de delirium tremens de plus en plus fréquentes. Jamais il ne pouvait tenir longtemps au même endroit et il s'en allait à intervalles réguliers. Tous ses désirs allaient aux fleurs. De chaque voyage il rapportait à sa femme et aux enfants les spécimens les plus beaux et les plus rares qu'il avait trouvés en chemin. Les vastes poches de son manteau élimé avaient depuis toujours servi d'asile aux fleurs. Cependant il dut prendre sous le bras le lychnis russe, car il était déjà beaucoup trop grand.

Son nom était *Amour ardent* et il avait des fleurs écarlates. Ses pétales formaient un cœur à l'envers. Une fois déjà le père avait rapporté des Alpes du Sud la *Fleur de Jupiter*, une espèce parente de l'*Amour ardent;* durant quelques semaines ses fleurs roses et ses feuilles d'un blanc feutré se dressèrent vers le ciel, s'installèrent pour une longue vie aristocratique, mais elles se fanèrent vite et tombèrent aux mains de la mort, comme presque tout dans cette maison jamais terminée.

Le nom du lychnis russe retint tout de suite l'attention d'Ivana quand elle l'entendit pour la première fois et vit la plante sous le bras de son père. Des heures durant ses yeux scrutèrent les nombreux petits nids de fleurs. Elle s'imaginait que l'accomplissement de la vie, le bonheur et l'amour, dont sa mère parlait toujours avec nostalgie, devaient ressembler aux innombrables petites fleurs de ce Russe rouge, comme elle appelait la plante en secret. Parfois même elle le disait à voix haute, quand il n'y avait personne qui pût l'entendre. Jamais elle ne devait revoir ce rouge flamboyant que son père avait apporté, et plus jamais dans sa vie elle ne rencontra un nom semblable. C'était presque comme si elle avait tramé en elle, dans son corps, la résonance fatale de ces deux mots. Elle glissa dans des ténèbres dont elle ne devait plus émerger. Peut-être est-ce pour cela qu'elle mourut seule et non dans les bras de cet homme, couché à côté d'elle, qui ne l'avait pas délivrée de son visage en triangle, mais au contraire l'avait rendue responsable de ses rêves pour se détourner des siens propres.

Sans relâche tante Aurore se tape la tête et la nuque contre le pot de géraniums. Parfois elle rate l'objet visé et tombe à la renverse sur le sol de pierre. Elle se relève, passe les mains sur sa jupe noire. Mais la jupe est restée propre. On ne voit pas de saleté et pas un seul pétale rouge. Seul le sang coule, saccadé et grumeleux, du trou à l'arrière de sa tête, et se mélange à la couleur du fichu.

L'impuissance transparente de ma tante entoure son corps sec, devenu maigre à force de se tourner et de se retourner, un corps agité de frissons spasmodiques comme un volcan au bord de l'éruption. L'égarement dans son regard devient plus fort. Une faiblesse gagne les jambes, elles se meuvent avec prudence, veulent faire des pas en avant, mais restent comme clouées sur place, collées à d'invisibles blocs de lave qui bloquent et brûlent les pieds de tante Aurore. La plupart du temps, de petites flammes malignes montent en jouant jusqu'aux genoux et, des deux mains, ma tante frappe sa poitrine laiteuse, prie le bon Dieu de la laisser mourir. Mais le bon Dieu ne connaît pas de pitié. Sa divinité lisse n'offre pas de prise et il craint de prendre une décision en faveur de la tante.

Mais la soumission de ma tante aux volontés du ciel finit par payer ; elle est de temps en temps récompensée par un moment de répit. Dix, vingt fois elle se signe et s'écrie *Ave Maria gratia plena. Ave Maria gratia plena. Ave Maria.* Reculant, elle baisse la tête sur le chapelet argenté qui balance ses grains d'aluminium mat au rythme lourd, traînant, de ses mots. Mais le regard vagabond de cette neurasthénique ne trouve pas de repos. Aucune trêve n'est possible. Elle voudrait surtout dormir. La froide pierre raboteuse du sol lui fait peur. Qu'est devenu l'*amour ardent ?* Depuis quelque temps elle ne l'avait plus vu dans le jardin. Le pot de géraniums était à sa place habituelle. Doucement, gaiement, tante Aurore appelle sa fille Ivana, mais celle-ci ne vient pas. Dans la maison pas une voix ne se fait entendre. À travers les rideaux tirés, derrière les vieux carreaux embrumés, on ne voit que le néon vert clair qui éclaire la Sainte Vierge.

Tante Aurore s'attache une grosse corde autour de la taille. Elle ne peut presque plus respirer. Ivana n'avait pas entendu son appel. Marjan était dans la rivière. Qu'y faisait-il ? Il ne savait pas nager. Son cercueil était doublé de violet. Le fabricant de cercueils, un homme sombre aux yeux ronds, un noctambule à la démarche furtive, avait débarqué chez elle et vanté sa fabrication comme la meilleure de la région, faisant remarquer les fines décorations, bien exécutées, dont la réputation avait dépassé les frontières du pays. Il les faisait valoir avec les paroles les plus belles, les plus fortes, comme un café chaud qui promettait la paix, la paix oui, mais une autre que celle que la tante imaginait.

Le puits derrière la maison était plein jusqu'au bord. Avant le lever du soleil, tante Aurore monta sur sa margelle ronde et se mit à rire à la vue de l'eau scintillante. D'abord elle lança le rosaire dans le puits et puis la chaussure usée qui était restée. Elle arrangea ses cheveux, jeta par terre le fichu noir et courut pieds nus dans la forêt lointaine d'où elle ne revint jamais. Le fichu noir vola droit sur le pot de géraniums. Là, il défie vents et intempéries et attend le retour de ma tante Aurore.

Sur l'unique photographie, accrochée il y a longtemps au mur de pierre, on voit, sous le grand tilleul où une faux toute neuve se balance à une branche, ma tante Aurore. Elle me tient dans ses bras. Les couleurs commencent à s'estomper, se dissolvent, un monde noir et blanc avec une pointe de sépia s'offre à celui qui regarde. Les contours du personnage photographié se perdent, le fichu de la tante se met à flotter et s'accroche au tilleul. La faux tombe et commence à rouiller. La jupe écossaise de la femme perd ses carreaux. Dans les yeux de l'enfant l'étonnement grandit. Les fleurs de tilleul se posent dans les cheveux des deux personnages qui se regardent d'un air rêveur. De légers nuages recouvrent le ciel devenu gris sur la photographie pâlie et disparaissent de nouveau. On distingue très bien les cheveux de la femme qui s'appelle tante Aurore. Un éclat gris-blanc traverse la partie au-dessus du front. Ces endroits luisent. Les tresses descendent sur la nuque. Hésitant, le vent commence à les défaire, d'abord l'une, puis l'autre. Tranquillement, comme s'il avait des mains, il dénoue les cheveux de la femme Aurore. Quelques mèches chatouillent le nez de l'enfant. Ce chatouillement deviendra plus tard un souvenir pour lequel les paroles manquent. Après le chatouillement du nez, on voit que des fossettes se forment dans les joues de l'enfant, puis tout son visage rayonne.

Un orage éclate, il se met à pleuvoir, le fichu volette en tous sens et les cheveux mouillés couvrent complètement le visage de la femme qui se met à pleurer au rythme de la pluie. Quelque chose la tire vers le haut, le corps devient plume, les bras battent l'air. L'enfant, suspendu, s'étonne du spectacle que lui offre la tante qui flotte au vent. Elle échappe de plus en plus à ses yeux qui la cherchent et il garde la position de l'enfant qu'on tient dans les bras. Ainsi habite-t-il dans les airs et un moment dépasse la cime de l'arbre dont la couronne verte caresse ses pieds. C'est presque comme si les branches touchaient avec volupté sa jeune peau nue.

La pluie cesse, les nuages s'éloignent, le ciel s'éclaire, chassant nuage après nuage. La faux ne rouille plus, un coup de vent la rend à sa branche, les pollens tombent et un papillon jaune voltige, mal assuré, passe, ne revient plus. Les cheveux mouillés de l'enfant sèchent, promptement des boucles se forment et de nouveau les fossettes se creusent dans ses joues. Tout est là, seule la tante manque. Cependant c'est comme si l'enfant sentait encore le bras qui le portait. Le fichu vient se poser dans ses mains, il l'agite, fait signe, mais personne ne répond, et même celui qui regarde la photo se voit hors d'état de le faire. Le tout se produit un certain nombre de fois, et tout se répète, depuis le début. Seule tante Aurore ne revient plus. Sa place sur la photo est vide. À cet endroit l'enfant dispose son histoire. Sous le tilleul on voit des éclaboussures de soleil, des contours arrondis qui parfois se perdent pour ressurgir et faire se souvenir l'enfant de lui-même.

L'homme qui revient de guerre

Dans la grande maison à l'extrémité de la rue sans arbres, c'était le silence. Un vieil homme vivait seul avec son chien dans cet endroit perdu. Quand une abeille tournait autour des oreilles de l'animal ou qu'un des chats sauvages qui s'étaient réfugiés là lui montrait les dents, il essayait de se libérer de sa chaîne, courait quelques mètres et, suffoquant, était tout de suite rejeté en arrière. La chaîne en spirale lui entamait le cou et les trous rouge vif attiraient d'innombrables mouches d'un vert métallique, qui n'attendaient que de faire bombance. Par ces jours caniculaires l'air était empli d'un sifflement monotone, il vibrait comme une ligne à haute tension. Dans les contrées à l'écart de l'arrière-pays, les poteaux de bois finissaient dans un cimetière de lignes électriques, une sorte d'appentis. On n'entendait rien. Le silence ressemblait à celui de la grande maison où vivait le vieil homme.

Tout s'y passait à bas bruit, en sourdine, et rien ne sortait dans le monde au-dehors. Comme si un jour, pour des raisons inconnues, l'univers avait décidé d'expédier ce petit morceau de terre derrière son dos. Le vieil homme n'avait pas de famille. Il était analphabète. Parfois il regardait les nouvelles à la télévision, sans comprendre de qui ou de quoi il était question, de quelles villes et de quels pays il s'agissait. Il ne savait même pas sur quel continent il se trouvait. Mais toujours il avait dans le nez l'odeur de la guerre, il sentait la mort dans l'air putride, la flairait partout, la voyait partout. Il l'entendait dans la bouche des femmes qui l'éveillaient chaque nuit. Toutes les nuits sa maison était peuplée de corps sanglants, violentés, montrant de leurs doigts les traces de sévices, les profondes cicatrices dans leur peau. Souvent les femmes lui demandaient de l'eau de son puits parce que leurs langues menaçaient de se coller au palais. Il se levait et sortait dans le jardin. Comme si les cris étaient devenus des formes, il les voyait rassemblées autour de la margelle ronde et elles disparaissaient une fois leur soif étanchée. Le vieux leur donnait toujours l'eau qu'elles demandaient. Puis il rentrait dans la maison, se couchait sur son lit grinçant, fermait les paupières et s'endormait.

À la guerre il avait perdu un œil. Un officier lui avait enfoncé le canon de son fusil dans l'iris gauche. Le liquide de l'œil se répandit sur ses joues rougies par le vent et la révolte. Il avait refusé de tirer quand l'ordre lui en avait été donné.

La guerre finie, il revint dans son village. Les gens avaient déjà appris l'histoire de son œil et l'on parlait de lui comme du borgne avant même qu'il fût arrivé.

Quand venait le marchand de fruits et légumes, il achetait vite les provisions nécessaires et lui demandait de dire au poissonnier de passer les jours suivants s'il avait du poisson frais. Le tabac, c'était sa belle-sœur Rosa qui le lui apportait du marché, et elle étalait tout de suite les feuilles au soleil pour que l'humidité s'évapore. Rosa ou, comme il disait, l'âme de Rosa, ne troublait pas sa tranquillité et il lui permettait même de venir sur son terrain. Ses anciens camarades avaient un jour essayé de parler avec lui de son œil et de la guerre, mais il les avait chassés comme des taons. Les voyageurs allaient vers le sud, à la mer. Et aucun ne s'arrêtait jamais pour demander quoi que ce soit au vieillard, réclamer un verre d'eau, comme il aurait été d'usage dans cette région, car en été il y avait aussi des croyants sur les routes, pèlerins venus de villages lointains. Ils voyageaient pendant des jours. La maison leur faisait peur. Une fois, tout un groupe passa devant la maison silencieuse. Comme pour les intimider, le vieux avait été pris ce jour-là d'une fureur sans nom. Il se jeta sur le chien qui ne menait plus qu'une existence végétative. Le chien leva un œil sous la branche sifflante et cacha sa langue blanchâtre derrière ses canines jaunes et pointues. L'autre œil saignait. On voyait de loin l'orbite évidée, la cavité à laquelle la branche s'était accrochée.

L'homme donna au chien un morceau de viande desséchée et examina les blessures qu'il lava, soudain plein de tendresse, avec des linges de toile blanche. Il les étendit sur la corde à linge faite de solides herbes tressées. L'odeur de fenouil se répandait sur la maison et le jardin, elle semblait avoir un effet apaisant, presque soporifique. Pendant cette nuit parsemée d'étoiles, le borgne dormit quelques heures dans le pré à côté de son chien.

Le lendemain un vent froid soufflait autour des maisons. Un orage se préparait, envoyant en avant-garde ses sifflements chuintants, son petit avertissement aux humains. Les bas nuages noirs erraient comme des guerriers furtifs au-dessus de la maison solitaire d'où ne sortait aucun bruit, ni avant ni après le lever du soleil. Le corps du chien pendait à l'amandier. Son poil était humide et poisseux.

Le borgne était pendu à l'entrait. Son corps sec tournait, décrivant des demi-cercles autour de son axe. D'abord rapides, puis de plus en plus lents. L'orage passa sur le pays et on dit que, cette nuit-là, des femmes et des hommes, des enfants et des anges, des chevreuils et des cigognes, des arbres et des fleurs furent foudroyés par des éclairs tels qu'on n'en avait jamais vu.

La confession

Peut-être, dans l'église de ces années-là, les poutres ont-elles grandi, les fenêtres explosé, peut-être le rouge des vitres brisées s'est-il répandu dans l'espace comme un liquide et est tombé dans les yeux du prêtre et sur son parapluie. Les voix qu'on entendait dans la nef pourraient être devenues des chants, la sainte hostie dans la petite armoire derrière l'autel sera sans doute désagrégée si personne ne l'a mangée. Les ornements brodés du prêtre qui étaient pendus dans la sacristie, plus un placard commode qu'une véritable pièce : que sont-ils devenus ? Toutes ces voix d'enfants, la mienne au milieu d'elles, les bouches des femmes, les yeux baissés des hommes, les visages sillonnés de rides des vieux, peuvent-ils tout simplement disparaître ?

Dans les fissures de la pierre leurs paroles sont conservées, leur parler, le bruissement de leurs vêtements, l'inclinaison de leurs têtes, l'étonnement des enfants. Ici tout vit, ici rien ne rouille. La rosée vient et s'évapore. Les fleurs poussent et meurent. Quand les découvre-t-on, ces fissures dans les pierres, quand tombe-t-on sur de la substance, s'aperçoit-on que les maisons et les églises sont debout, sont des espaces parce qu'elles étaient auparavant des pensées ? Ici les histoires s'assemblent comme un tissu cellulaire, ici rien ne goutte, tout pénètre, ici il n'y a ni ride ni âge, une contradiction. Autels, fenêtres, fleurs, lumières, la crainte de la crainte, la pensée avant la pensée, le frottement des mains, les collectes, le dimanche, la longue route, la confession, le jeûne, les larmes, toujours le dimanche, la longue route, les rêves : à mesure que les pages tournent surgit un monde tacheté.

À bien des endroits il reste en mouvement, les roues du temps vont vers le futur. À d'autres endroits une photo a été prise, comme cela et pas autrement, elle reste comme elle est. Un instant dans l'écoulement des *autres* heures, les heures étrangères, les heures à soi, les nombreuses. Feuilleter l'album des regards qui t'accompagnèrent, entendre des cloches qui sonnaient en toi, le bruit du vent qui rôdait autour de la maison comme un voleur, soufflait sur les côtés du maïs et y déclenchait une danse. Les violettes cueillies le dimanche des Rameaux. Nous nous en servions pour nous laver le visage dans la cuvette et voyions le paysage ceint de montagnes vibrer sous le soleil : tout cela, comment est-ce arrivé, comment cela a-t-il été arraché à l'oubli, comment cela a-t-il survécu, quand est-ce devenu une histoire ? L'idylle tremble, la nuit est froide. Tout cela, « références après coup ». La confession, si elle a existé, je l'ai trouvée en racontant et j'en ai fait mon histoire.

La crainte de Pâques et de Noël m'est restée longtemps. Très tôt j'avais compris leur mystère et senti la force qui en émanait et me fascinait. Comme une mélodie hivernale non chantée, le souvenir attendait le jour où il pourrait entendre sa propre voix, le chant longtemps désiré, presque oublié.

Ma mère tenait à ce que j'aille me confesser deux fois par an. Les grands jours de fête étaient tout indiqués pour cela. Il apparut que ma mère avait prévu toutes les échappatoires que j'inventais pour me dérober à cette obligation. Malgré ma répugnance, je me voyais expédiée dans l'obscurité finement quadrillée du confessionnal où, derrière le grillage, une voix aux toussotements bienveillants s'enquérait de mes péchés. Dans la file d'attente j'avais concocté quelque chose, ne sachant jamais trop ce que j'avais fait de mal. Bien sûr j'y associais l'espoir que le prêtre ne voudrait entendre que mes péchés mensongers et qu'il les jugerait dignes d'une confession, ce qui me tenait particulièrement à cœur.

Pour restaurer la paix de mon âme, il m'imposait de réciter d'innombrables Pater et Ave. Je m'agenouillais le plus près possible de la sortie pour, à la fin du sermon, quand les premiers hommes allaient fumer leur cigarette, pouvoir tout de suite courir à l'air frais.

De cette façon je pouvais observer les gens qui s'étaient confessés peu avant moi et je débitais en silence mes propres prières. Je répétais des phrases isolées que j'avais attrapées au vol dans les propos des vieux hommes de mon village et dont le rythme inhabituel, la mélodie monotone et dansante m'étaient restés dans l'oreille. Dans ce pays en suspens le vent du sud emportait les phrases. Il les faisait tournoyer si longtemps qu'elles devenaient une force propre. À cette force je prêtais des qualités humaines, mais aussi, et cela arrivait beaucoup plus souvent, des propriétés divines. Je m'imaginais qu'elle se posait sur des ailes d'oiseau et volait vers les fenêtres de l'église rouge comme un Chagall pour porter au soleil les saluts de la terre. Je me perdais dans l'idée que cette force tirait vers le soleil les mains recueillies des gens en prière, les mains avaient une peau qui jouissait de sa propre douceur. Elles semblaient se caresser et se considérer avec étonnement jusqu'à ce que, à toute vitesse, elles se retrouvent chez quelqu'un d'autre, pour saluer, pour louer la vie, le chant entonné, pour glorifier leur propre beauté et corroborer les forces de la nature. On pouvait sans hésiter ajouter le vent du sud à cette grandeur, même si son nom promettait une sonorité douce et paisible.

Quand les gens que j'avais observés peu auparavant avaient fini leur prière, après une ou deux minutes, moi aussi je me rasseyais discrètement sur le banc. À peine étais-je à l'intérieur de l'église, je m'imaginais de nouveau volant à la suite du rouge Chagall. Dans ces heures silencieuses, où flottait une odeur d'encens, je vivais sans bruit pour moi-même.

C'est ici que je les ai entendues pour la première fois : les mélodies de la résurrection. Elles m'étaient une lumière, quelque chose qui promettait des jours vrais. Des jours de vision. Ici j'ai aussi rêvé de déplacements d'étoiles et cru à des aberrations cosmiques. C'était une idée curieuse, inquiétante. L'effet qu'auraient ces déplacements et ces aberrations était clair : rien qu'un petit changement au ciel, pensais-je, et en bas, dans ta vie, tout changera. Quelqu'un m'avait parlé d'anciennes pistes aux bords du ciel et déjà je me figurais une clarté plus brillante et plus éternelle que l'auréole de Dieu dans l'église où j'étais assise parmi ses fidèles dévots, paralysés de respect. Aucun d'eux ne savait à quoi je réfléchissais et, longtemps, cela me sembla une explication, ils ne pouvaient penser ni eux-mêmes ni l'univers en face d'eux, ni les chants, les étoiles et les fenêtres rouges comme un tout respirant au rythme de leur cœur. Ils vivaient dans l'hébétude comme si elle leur donnait le pain et la vie, comme si elle leur promettait la miséricorde et les protégeait du Jugement dernier auquel ils croyaient comme au soleil du Sud qui s'élevait tous les jours au-dessus de leurs têtes, se déplaçait, rayonnait à des hauteurs inaccessibles, pour apprendre à leurs champs et prairies à sécher, et pour les détourner, eux qui priaient, de la foi à laquelle ils avaient succombé comme un rat au piège mortel, au poison ouvertement déposé. Maintenant il se répandait, rapide et acharné, détruisait cœur, reins, poumons, bloquait la circulation du sang, se fixait dans les synapses jusqu'à ce que le flux s'interrompe. Moi aussi j'avais goûté à ce poison des nerfs et je souffrais de maux organiques de toute sorte. Mais chez moi cela n'alla pas jusqu'à l'interruption.

Pendant les périodes de jeûne j'étais inquiète comme avant une confession. La nuit je m'éveillais inondée de sueur, une fois je rêvai même que j'étais un tronc d'arbre vermoulu. Dans mon rêve, personne ne croyait qu'il pût vivre encore, qu'il eût encore une chance de grandir et de fleurir, car on supposait qu'un arbre abattu n'avait de toute façon plus aucun espoir de voir le vert de sa couronne resplendir au soleil du matin. Cette cime verte, il n'y avait pas si longtemps, peut-être la veille, le matin même, avait été peuplée d'oiseaux chanteurs. Et le large versant de la montagne, animé du rouge des coquelicots et du jaune des tournesols qui, sur des mètres, se chauffaient au soleil dans leurs propres couches de couleur, disparaissait du champ visuel de l'arbre. Désormais les nuances lumineuses des iris, ce phénomène lumineux à haute tension, produit dans le tumulte des regards humains, se refusaient aussi à lui. Son regard ne rencontrait plus rien, pas de ciel, pas de terre.

Le vendredi saint, on n'avait droit à rien, sinon à quelques morceaux de morue fumée et à une ration de pommes de terre à l'eau. Manger des sucreries frisait le péché mortel, pourtant, secrètement, j'en prenais le risque. Je m'achetais une glace au petit kiosque et attendais, après l'avoir mangée avec délices, le châtiment d'un Dieu aveuglé par la colère.

Ma sœur croyait – comme, au début, j'y avais cru moi-même – à la toute-puissante vengeance du ciel, à un châtiment douloureux qui rendrait en une seconde le rire et la parole impossibles, et elle priait avec ferveur pour qu'un des employés de Dieu voulût bien glisser un mot en ma faveur tandis que, couchée sur le lit, bras croisés, je regardais le plafond avec désespoir comme si le badigeon, jauni par les années, avait une réponse, comme s'il offrait une possibilité d'échapper à l'alliance avec le ciel célébrée de toutes parts et à tous les purgatoires.

Quel que fût celui qui s'était entremis pour moi, la punition ne vint jamais et je continuai voluptueusement à braver le péché mortel et à perturber la mer dans l'œil vigilant de Dieu. Cet œil lointain s'était bercé dans la richesse et la sécurité, et s'était installé pour toute ma vie au deuxième ou troisième étage du ciel, sûr de sa victoire, sans savoir qu'en moi avait commencé à grandir la fleur de l'ennui et du doute et qu'elle avait déjà poussé ses racines dans les tréfonds, alors que cette fleur, à cette époque, ne me disait rien et que je n'en connaissais même pas le nom.

Comment était-il possible que Dieu, qui voulait être si proche des hommes et avait assumé la rédemption des péchés terrestres, se fût tout bonnement retiré au-dessus de leurs têtes, dans le bleu de sa résidence céleste sans horizon d'où il pouvait voir, observer, passer au crible tout et chacun, en restant lui-même invisible et inaccessible ? Jamais on ne l'entendait toussoter, respirer ou chanter. Ce Dieu que je devais prier deux fois par jour me paraissait fort suspect et je décidai de l'avoir à l'œil quand ce serait possible et de prendre des notes sur tout ce qui pouvait de quelque façon m'aider à l'archiver.

Pour arriver à une vue d'ensemble qui ne fût pas le produit de jugements arbitraires et de mauvaises intentions, j'essayai de mettre en relation des impulsions et des événements de toute sorte et de m'approcher de mon but, en restant vigilante. J'écrivais sur le temps qu'il faisait, sur mes menues désobéissances quotidiennes, sur les gros et petits mensonges de circonstance, les langueurs qui me hantaient dans mes rêves, sur des désirs secrets, jamais exprimés devant personne, comme cambrioler la nuit le petit magasin d'alimentation et faire main basse sur les sucreries – mais surtout sur le chocolat. Je notais heure, jour, position du soleil – brouillard, vent, temps, nuages figuraient, réduits à leurs deux premières lettres, comme des points d'orientation – et je me rappelais à qui j'avais parlé, ce que j'avais dit et comment je m'étais exprimée, avec quelle intonation. J'observais les moindres changements du ciel et les incorporais au complet dans mes observations de Dieu. Je comptais arriver à une vérité plus fiable, à une espèce d'équité qui, lors de mon jugement, serait placée dans le plateau de la balance et me rendrait plus proche celui qui résidait au-dessus des nuages.

À l'église j'examinais le prêtre avec une attention particulière, car il prétendait être un représentant de Dieu sur terre. *Représentant de Dieu sur terre*, tout de suite cette façon de dire m'avait paru bizarre, car je ne pouvais imaginer comment, avec un Dieu qu'on ne voyait jamais (étant enfant j'avais passé toute une nuit avec mon chat Lola sous la treille de la terrasse, dans l'espoir d'apercevoir quelque chose de lui – sans succès !), il avait été possible de se concerter, ni comment ce représentant était monté au ciel. Nulle part il n'y avait d'échelle assez haute. Pourtant il devait avoir pénétré dans l'œil bleu du ciel, inaccessible pour moi et pour tous les autres habitants du village, car ce Dieu ne descendait jamais sur la terre, ni par beau temps, ni par temps de pluie, ni non plus lors de la plus violente tempête, que les gens parlent d'un siècle de mauvais temps ou s'en tiennent à décrire la force du vent, c'était pareil. Je n'en étais pas seulement convaincue, avec mes notes je m'en procurais la certitude définitive.

Donc un jour je demandai pourquoi il fallait mourir de faim le vendredi saint et m'enquis de la possibilité et de l'impossibilité des péchés que, selon les règles d'une existence divine acceptée par tous et jamais remise en question, je ne cessais de commettre quand, malgré toutes les peurs et les interdits sévèrement inculqués, j'achetais encore des glaces, du chocolat et des bonbons à l'orange, dans l'espoir que personne de la famille ne me verrait et ne me dénoncerait à ma mère, laquelle m'aurait de nouveau menacée de la vengeance céleste jusqu'à ce que j'éclate en sanglots, à cause de sa voix d'une inflexible sévérité qui ne souffrait aucune discussion. Je craignais plus ses phrases froides que la vengeance de Dieu quand elle disait *Qui t'aidera dans le besoin, sinon Dieu ? Personne ne survit à la peur, sauf Dieu ! Tu es pleine de peur et de petitesse comme ton péché dont personne ne peut te délivrer, sauf Dieu.*

Parfois, aujourd'hui encore, surtout le vendredi saint, je crois entendre la voix de ma mère, sentir sa propre peur dont je n'ai pris conscience que plus tard, mais qui, à l'époque, enserrait mon corps comme un cocon coriace qui se refusait à devenir autre chose qu'une surface opaque, solide, dure et étouffante.

Mon carnet de notes se remplissait et, un jour, j'étais une fois de plus en train de rédiger une description exacte du ciel, je vis derrière la montagne un spectacle d'une beauté inhabituelle. Les nuages voltigeaient autour du soleil comme des brumes aspirées par un feu. Une couleur rouge partait du firmament comme si le soleil brûlait. Il n'y avait ni abattement, ni mélancolie, ni chagrin. Chaque nuage rouge suspendu au ciel parlait de bonheur. Ce jour-là j'écrivis dans mon carnet que j'avais vu Dieu.

Quand j'eus compris que Dieu était dans le rire gloussant de ma meilleure amie, dans les yeux de ma sœur amoureuse qui ne cessait de danser, dans les jambes véloces de mon frère qui gagnait toutes les compétitions scolaires, dans le bleu de la mer, dans le jaune lumineux et le rouge voluptueux des roses de notre jardin et sur les larges versants parsemés de fleurs sauvages, dans le vert invitant des prairies de mon enfance et les caresses affectueuses de mon grand-père qui m'appelait sa petite reine et me souhaita un jour de devenir docteur, quand j'eus compris que tout cela se produisait aussi en moi, dans mon regard, je décidai de ne plus me confesser devant un Dieu sans imagination qui s'était mis en lieu sûr, n'osant pas vivre au milieu des hommes et de leurs regards curieux et être avec eux comme une fleur, un papillon, un oiseau.

Plus tard, alors que ma curiosité s'était tournée vers d'autres objets, je lus dans un livre que Dieu était mort. Et je me mis à rire parce que, en rédigeant mes notes, pas à pas, j'étais déjà arrivée à la conclusion que Dieu n'avait jamais vécu. En tout cas pas comme l'aurait voulu le prêtre qui prétendait être son représentant sur terre et qui, un jour, à demi déshabillé, avec un parapluie rouge chair, avait couru par les rues du village, mendiant des aumônes et implorant son Dieu de l'aimer, vociférant contre lui, afin qu'il lui envoie un signe, au moins une petite étincelle, pour prouver sa divinité.

La marque de la mère

La souffrance de ma mère ne pouvait se deviner que quand on la regardait dans les yeux. En hiver ses mains se crevassaient comme du verre devenu brûlant et le bout des doigts rougissait. Jamais elle n'en disait mot. Mais de temps en temps elle versait un petit verre d'eau-de-vie sur les endroits enflammés et regardait par la fenêtre, attendant que la douleur disparaisse et que se reforment, comme sous l'effet d'une force inconnue, les nombreux sillons ramifiés. Quand c'était passé, j'avais le sentiment qu'elle se remettait à dialoguer avec sa souffrance et l'appelait afin de ne pas en être oubliée. Cela avait à voir avec les yeux de ma mère, son regard errant au loin, avec la nostalgie qui l'envahissait quand, par la fenêtre, elle regardait l'âpre paysage. Elle restait là longtemps encore après que les cloches du soir avaient sonné.

Les crevasses rouges sur les mains de ma mère me rappelaient le karst, ce paysage dans lequel elle s'absorbait tous les soirs, les veines d'eau sous les collines qui, dans la terre, se frayaient un chemin vers une source, un lac ou une rivière. Je me demandais où couraient les ramifications au bout des doigts de ma mère, à quel plan secret elles obéissaient et où elles pouvaient finir. Dans le corps de ma mère tout était étanche, personne n'a jamais vu au-dedans. La chair douce était verrouillée, aucune ouverture ne donnait accès à l'intérieur de cette coquille. Les endroits rouges sur ses mains, pensai-je un jour, étaient les seules portes ouvertes sur le dedans de son corps. Là on était à l'entrée du pays oublié de ma mère, on se trouvait dans un monde intermédiaire où corps et souffrance se livraient bataille sur le bout de ses doigts. Quel pourrait avoir été le résultat ? J'ai oublié parce que tout à coup je prêtai à ma mère des forces magiques et la vis de nouveau devant moi, à la fenêtre, la tête tournée vers le lointain, après avoir versé l'alcool sur ses doigts. Elle me fit peur et je ne la crus plus, je me demandai si elle sentait vraiment la douleur ou si elle ne la simulait pas pour rester inabordable. Après cet été-là, je commençai à douter de sa franchise, tout en voyant que la souffrance était véritable.

Par un jour très chaud de juillet, un pot de verre que je portais s'était cassé sur les carreaux. J'essayai d'éviter de marcher dans les éclats. Mais en un clin d'œil le blanc du sol froid se colora d'abord d'un rose léger, puis la couleur s'assombrit jusqu'à devenir un rouge visqueux, saturé. Frappée par le bruit et étonnée de voir le sol changer rapidement de couleur, je restai clouée sur place. Mes pieds, les éclats de verre, le vestibule et les petites bulles qui se formaient dans l'eau que je devais apporter aux hôtes dans le jardin, se brouillaient devant mes yeux. Je n'arrivais plus à les séparer, ils ondulèrent longtemps comme un paysage scintillant et se changèrent en un monde papillotant qui ne se décomposa que sous l'effet du soleil entrant par la porte. Il se fraya son chemin à l'intérieur de la maison, passant à côté des lourds volets de fer peints en bleu.

La clarté m'éblouissait, je ne voyais rien, je mis mes mains en écran, écarquillai les yeux et, lentement, je recommençai à distinguer les objets, je sus où était la lumière et où était l'ombre. Quelqu'un passa, laissa tomber le plateau, me prit sous le bras, me souleva, m'assit. On alla chercher une cuvette, une pincette, on retira les éclats qui s'étaient fichés dans le pied, quelqu'un examina la chair teintée de rouge, passa lentement, tendrement les doigts (une tendresse qui ne reparut jamais plus) sur les coussinets, les doigts allèrent aux orteils qui furent tâtés l'un après l'autre, écartés, observés, puis arrosés de schnaps. On apporta une autre cuvette avec de l'eau chaude, j'entendis déplacer des casseroles de fonte sur la cuisinière, quelqu'un alla chercher à la cave une carafe de schnaps, l'air sentait le tabac. Des mains mélangèrent le schnaps à l'eau chaude, l'odeur de prune se mêlait à la sueur, montait dans le nez. Mes mollets saisis par des doigts, mes pieds placés dans la cuvette. Quelqu'un me tenait le corps, de nouveau du schnaps, de nouveau l'odeur de prune. Cette fois le liquide fut versé directement sur la blessure, puis on boucha l'entaille avec du tabac, comme avec un joint. Peu à peu le pied redevint une surface plane. Il ne saignait plus, le tabac absorba tout. Suivit le tremblement du corps, la lumière chaude du soleil, le papillotement des visages, des phrases comme des rouleaux compresseurs passèrent au-dessus de moi, sur moi. Des soupçons, chuchotés, la même chose serait arrivée autrefois avec mon pouce, la hache, le tronc d'arbre, le bois – on connaissait. Des images comme des flots. Moi dans la clairière d'une forêt. La hache se lève, le bourdonnement des mouches, la mémoire immobilisée en l'air. Le bois vole, atterrit sur le pied. Le moment d'oubli : je ne sais plus comment la hache vint frapper le pouce gauche, pourquoi je la laissai tomber alors que je voyais où allait aboutir sa trajectoire sifflante. Puis, le doigt suspendu à un fil rouge. Schnaps, tabac, racontars. Plus tard, pleine de fierté, des phrases comme : J'ai failli me couper le pouce.

Comme si le pouce avait effacé le passé, le temps reste suspendu, touche la mémoire, une porte s'ouvre. Présent, rien n'est passé : je suis au lit et le monde s'enroule comme une pelote de laine. Quelqu'un entre dans la chambre, regarde, me touche, ressort. Le vent fait claquer les volets de fer contre le mur ; tout le temps les chocs rythmés qu'on peut prévoir et attendre. De nouveau la porte s'ouvre, quelqu'un entre, examine le pied enveloppé de linges, tâte le front, remonte la couverture. Un monde aux voix chaudes, qui enroule sa pelote. Tout vole à ma rencontre, les contours disparaissent, je me perds dans le lit, le lit se perd en moi, l'armoire glisse dans le plancher, la porte s'avale elle-même, la voix qui entre se heurte aux volets mus par le vent. Dans mon oreille des gouttes tombent, un niveau sonore, souterrain, des gouttes qui tombent sur de la porcelaine, de la céramique, du verre, et rendent un son clair. Des autos passent. Quelqu'un me soulève, d'autres mains me recouchent. Cela n'a pas de sens, dit-on. Un papier journal froufroutant est posé sur mon ventre, la fièvre va baisser, dit encore la même voix. Encore un froissement de journal, on met le papier sur mon ventre, la fièvre va baisser, répète la voix. De l'huile coule, très froide, sur le papier journal. J'entends presque le gras imbiber le papier et disparaître dans les lettres. Où suis-je ? On m'enroule dans le papier huilé, il est censé absorber la fièvre. On m'enveloppe, me dis-je, parce que je suis morte. C'est froid, puis de nouveau chaud. Des poussées de chaleur, arc-en-ciel-corps. Mon pouce est pressé dans les paumes des mains, on prend le pouls, on tâte le bout du doigt, on dit que l'estomac aussi n'est plus à sa place. Je pense que la mort est fatigante, car on entend tout ce que les gens disent. De nouveau on me roule, on retire le papier journal comme une tapisserie. Il est devenu tout sec, murmure une voix de femme inconnue. De nouveau des bruits d'huile, on humidifie le papier, on roule mon corps.

Suivent somnolence, mots allemands, un murmure à fleur de peau, beaux étrangers, sommeil voluptueux. Réveil, pied enflé, rosée de souffrance dans la blessure. Cheveux trempés de sueur et des ciseaux qui coupent les mèches qui me tombent sur la figure. Mon visage est lavé, de l'eau partout, dans les oreilles, sur les lèvres. Les mains de ma mère, sa peau imprégnée de schnaps, la vieille et la nouvelle douleur, mon gros pied. Le noir et en lui toujours le visage de ma mère.

J'avais peur de ses yeux qui savaient. Et le jour où elle dit qu'elle était toujours derrière moi, dans la petite poche du cartable que je portais sur le dos, je descendis de vélo sur le chemin de l'école, m'assis au bord du sentier, bordé de jeunes pommiers, et vérifiai si ma mère se trouvait vraiment dans la poche ou s'il n'y avait que sa tête, une partie de sa tête (rien que les yeux peut-être ?). Mais ce n'était qu'une petite poche cousue à l'extérieur, une partie de mon cartable dans lequel mes cahiers et mes livres entraient de justesse.

Au mollet gauche j'avais une tache de naissance grosse comme une pupille, elle avait la forme d'un cœur, et bien que tous ceux qui l'ont vue aient prétendu le contraire, je crois aujourd'hui encore que c'était très certainement un cœur. À cette époque il y avait longtemps que je ne pensais plus à ma blessure et j'avais aussi oublié le tabac qui était devenu chair de ma chair. Nous étions partis dans un pays dont je ne parlais pas encore la langue, mais cette langue me baignait de façon bizarre, j'avais l'impression de nager en elle comme dans un bassin plein de sonorités étranges. Je ne sais pas pourquoi, peut-être parce que je connaissais déjà cette langue, je l'ai sentie dès le début et me suis souvenue du papier journal enroulé autour de mon corps et des paroles étrangères qui flottaient autour de moi et que je trouvais belles.

Au cours d'éducation physique, quand, un jour, mes yeux tombèrent de nouveau sur mon mollet et le cœur, j'ai dit à voix basse le mot *Muttermerkmal*, marque de la mère. Il me vint insensiblement sur les lèvres. Les enfants ont ri et ôté la syllabe *merk* en se moquant de moi, parce qu'on devait dire *Muttermal*, quelque chose comme tache de vin ou tache de naissance. Mais il n'y avait rien à faire, c'était toujours le mot complet qui me revenait et je me le disais en silence, le prononçais en moi. Dans la vibration de la répétition on entendait de plus en plus quelque chose comme *Denkmal*, monument. Ainsi, les trois dernières lettres dans l'oreille, j'en arrivai à l'autre mot qui ressemblait, *Grabmal*, tombeau, et je me disais que, sur mon mollet, devant, sous le genou, à la place du cœur, un tombeau se formait.

Ce tombeau pensant était de couleur vive. Il fut violet et rouge, rouge-violet, un bon bout de temps. Et il marchait, bien sûr il marchait, c'était finalement une partie de ma jambe, il allait partout avec moi. Où que j'aille, il était avec moi.

À l'époque je pensais que ma mère avait su cela avant moi et je me souvins de ce qu'elle avait dit, de la petite poche du cartable où elle avait logé son œil, son iris, sa pupille, son cristallin, le marron qui n'était qu'à elle, ce marron infini, ses prunelles, sa vue. Elle regardait à travers les lunettes du monde qui, sans bord ni monture, rapetissaient ce qu'on voyait, le rendaient plus étroit, plus noir ou couleur de rose. Quel angle de vue ma mère avait-elle ? La question ne reçut pas de réponse. Elle resta en suspens, la question était la réponse : ma mère elle-même était l'angle de vue. Elle était le degré, l'instrument de mesure, sur la balance de mes yeux la fine aiguille oscillant quand on posait un poids. Elle était le cil qui ne bougeait pas, bien que les cils bougent toujours. C'est ce qui fait que les cils sont des cils et c'est de cela que vivent le battement de paupière, le regard, la vue, la vision, l'acuité de l'œil, le but visé, le clin d'œil de la lumière, de cette lumière qui peut pénétrer à travers les minces forêts des cils.

Plus j'oubliais l'image de ma mère à la fenêtre, les mains l'une dans l'autre, ce silence mystérieux dans les yeux, le verre de schnaps vide qu'elle avait versé sur ses mains, plus j'oubliais cette image en soi mobile, plus, sur mon mollet, le cœur rouge-violet pâlissait. Un jour je crus même qu'il avait complètement disparu, qu'il était parti, comme autrefois, laissant ma mère et ses phrases, j'étais partie pour la Sibérie, dans le froid le plus froid de la Russie, pour éprouver ma propre chaleur.

Je ne connaissais pas d'autre froid. Peut-être était-ce une bonne chose. Sinon j'aurais fini par croire que je devais aller partout, dans tous les froids, dans toutes les neiges du monde, pour vraiment pouvoir partir.

Ma mère est restée où elle a toujours été. Cependant elle aussi a voyagé. Dans sa chambre elle n'a fait que se tenir à la fenêtre des journées entières et regarder au-dehors. Mais ma mère n'était pas tout à fait seule. Elle m'avait, moi, et je l'avais, elle, bien que je ne l'aie jamais plus violemment quittée qu'à cette époque. Je l'ai effacée de mon corps. Et trouvée dans mon grenier à mots, dans la très ancienne mémoire.

Je connais maintenant la langue de ce pays où je vivais alors que les phrases de ma mère faisaient avec moi le voyage dans mon sac à dos, mais la tache de naissance n'est toujours pas une tache de naissance. Elle est toujours ce que j'avais dit à l'école, après l'éducation physique, imperceptiblement, tout bas. Elle est ce qu'elle était dès le commencement : une marque de la mère, *ein Muttermerkmal.*

La boîte aux voiliers

Le flot des images et des odeurs devait me submerger moi aussi quand, en ce début de soirée, dans la demi-obscurité granuleuse de la cave en rez-de-chaussée, qui n'était pas une cave et que nous nommions seulement ainsi, je tombai sur les vieilles photographies. Je vis une boîte de biscuits déchirée aux angles et dessus quelques voiliers qui faisaient penser aux machaons, ces papillons aux ailes jaunes rayées de noir. Les voiles pointues, mais aussi le numéro, G 128, le symbole de la voile, le tissu côtelé, étaient couverts d'une fine couche de poussière. La boîte était ficelée d'un gros cordon. Avant même d'y avoir touché, je savais que le nœud avait été serré pour l'éternité.

Curieuse et excitée à l'idée d'approcher du défendu, je ne pus résister au fourmillement de mes doigts, d'abord léger, puis de plus en plus insistant, et, d'un mouvement rapide, je fis glisser le cordon qui entourait le carton jauni. La boîte, je la connaissais, il n'y avait pas si longtemps que les voiliers avaient été remplacés par un paquebot moderne sur lequel on voyait une soirée, avec des fêtards de belle humeur, le visage joyeux, des tartelettes aux fraises à la main. Sans doute devaient-ils suggérer à l'acheteur de sablés à la vanille une idée de luxe.

Des nuages jaunâtres traversaient les images, s'élevaient avec mon regard vagabond au-dessus de la tête des gens et se mêlaient aux nappes de brouillard rasant d'un jour d'automne. On ne comprenait d'où provenait cette pâle brume que quand on avait identifié l'encensoir du prêtre, semblable à une lampe. Vite je feuilletai les photos. Peu à peu je compris qu'il devait s'agir des images dont mon père avait quelquefois dit quelques mots en passant. Ces mots m'étaient inconnus, ils coulaient de sa bouche comme des pleurs non versés. Je ne me souvins des photos que quand je les tins dans mes mains. Quatre fils, mon père et ses frères, accompagnaient leur mère à sa tombe. C'était un étrange enterrement. Les vêtements noirs et le mutisme de l'assemblée me firent craindre pour Grand-père. Personne ne dirait plus, fais attention, mon enfant, les maladies tombent du ciel comme les pommes mûres des arbres. Personne ne saurait plus énumérer combien de femmes s'étaient mariées à l'étranger, combien étaient restées au village, combien de fils et de filles elles avaient mis au monde et qui, de la jeune génération, serait la première à se coiffer du voile de mariée. Je me voyais, tête baissée, dos courbé, au-dessus de sa tombe, pleurant sa perte, mais en même temps je me savais observée et me demandais qui pouvait bien souffrir avec moi. Je me perdis de plus en plus dans mes pensées, m'éloignai de mon grand-père prétendument mort et me peignis mon propre malheur et la désolante situation dans laquelle j'étais tombée, moi, enfant de six, sept ans, abandonnée de tous, pauvre et orpheline, sans un seul parent pour me prendre chez lui.

Plus tard, quand Grand-père mourut réellement, j'ai repensé à la boîte aux voiliers et j'ai vu ces silhouettes devant moi. Si j'avais été à son enterrement, je les aurais cherchés, ces gens habillés de noir qui étaient venus au-devant de moi, sortant de la boîte à biscuits comme s'ils n'étaient pas des images, mais de véritables endeuillés. Habitants d'un pays qui se perdait dans l'odeur de fenouil des étés secs, en un temps qui est le pain de toute vie, l'enfance éternelle.

Sur les photos de l'enterrement de Grand-mère on voyait encore la vieille route empierrée, avant qu'elle fût asphaltée. Les marronniers, que je connaissais dans toute leur splendeur, ressemblaient à des arbrisseaux à peine sortis du sol de la forêt. Tout était petit et naissant. C'est le passé, me dis-je, sans savoir que tout ne cesse de passer.

Le photographe avait fixé les larmes, les têtes baissées, les chapeaux et les casquettes à la main, les yeux effrayés, les fils non rasés, fatigués, et on voyait leurs grandes mains, ombrageant des visages d'hommes qui, pour l'heure, n'étaient que des enfants, des fils – des mains qui devaient fournir un appui et soutenir tout le corps pour qu'il vive, respire et marche.

Je regardais des visages dont la plupart m'étaient inconnus. Les membres de ma famille portaient des vêtements dont l'étoffe semblait provenir d'une autre planète. Leurs yeux n'étaient pas à leur place, ils reposaient dans un écho depuis longtemps éteint, abîmés dans l'invisible. Quelque chose dans leurs regards m'était tout ensemble étranger et proche, dans leur éloignement et leur absence, ils me faisaient l'impression de pouvoir contrecarrer la course du vent et ramener l'écho, afin de le donner comme viatique à la défunte pour son dernier voyage.

Avec ces photos, la mort fit son entrée dans mes mots. J'avais su auparavant que l'on mourait et qu'on allait dans la terre, mais là, pour la première fois, je vis à quoi ressemblaient les gens quand ils disaient adieu à quelqu'un. Maman s'était noué un fichu de soie noire sur la tête. Grand-père avait ôté sa casquette. Il pleurait. Mon père avait une barbe de plusieurs jours. Ses trois frères lui ressemblaient beaucoup. Aucun ne s'était rasé. Se faire beau, quand quelqu'un mourait, c'était défendu.

Dans le vestibule une grande photo était accrochée. Elle ne me frappa qu'après que j'eus découvert la boîte aux voiliers. On y voyait Grand-père et Grand-mère. Leurs visages reposaient en eux-mêmes comme une mer étale où parfois tombait l'ombre d'un petit nuage de pluie inattendu. D'un nuage de pluie qui se déversait sur le bleu de la mer et laissait des friselis derrière lui. Celui qui regardait ne pouvait se défendre du sentiment que le vent s'était levé en lui, lui qui toujours voulait voir quelque chose et, ne pouvant supporter le silence, aurait essayé de l'inventer et de le nommer, aux dépens du vide et par incapacité à persévérer. La photo de mes grands-parents a dû être prise après une de ces courtes vagues qui avaient déferlé dans l'œil du photographe et laissé de blancs nuages d'inquiétude. Les traits de leurs visages ressemblaient à des paysages délaissés, les lignes, surtout autour de la bouche de Grand-père, avaient, si l'on s'y absorbait assez longtemps, une ressemblance avec des chemins de montagne envahis d'herbes et de buissons. Des chemins où les paysans poussaient devant eux leurs mulets quand ils passaient l'hiver avec les chèvres à faire le fromage. Les yeux de Grand-mère rayonnaient, prévalant contre la sévérité dont était empreinte la bouche de Grand-père. Ce doux rayonnement remplissait toute l'image. Parfois je pensais que cet éclat dans les yeux de ma grand-mère, dont la tête était couronnée d'une large et belle tresse – dans mes rêves elle devenait une couronne de lauriers –, était la véritable auréole, une auréole qui était tout le temps là quand je levais les yeux vers cette femme qui vivait sans penser à soi, sans jamais rien exiger en échange de sa beauté. Peut-être était-ce parce que, tout à côté de la photographie, il y avait un saint Antoine dont les boucles luxuriantes menaçaient de toucher le bord doré du cadre et de le déborder. Saint Antoine : surtout le jour de sa fête où, à certaines messes du matin, le prêtre prononçait son nom comme une promesse d'été. Après la sonnerie de l'angélus j'allais dans le vestibule et regardais le saint. Il ressemblait à Marko, qu'on appelait le Tzigane à cause de sa peau sombre et auquel plus tard mon père voulait me marier.

Mes grands-parents étaient accrochés au-dessus de la porte qui conduisait à la cave. Chaque fois que j'allais chercher des pommes de terre ou du maïs pour le repas, je passais devant la photo. À la cave se trouvait le dressoir où j'avais découvert la boîte aux voiliers.

Mes frères et sœurs ne se souviennent pas de la boîte. Ils ne savent même pas qu'il y avait un dressoir à la cave. Grand-père a vécu longtemps. Après sa mort on vida la cave, pommes de terre et maïs furent remplacés par d'élégants casiers à bouteilles. La terre qui s'entassait dans le coin aux légumes à chaque nouvelle récolte les avait dérangés depuis des années, me dirent-ils. Les tonneaux de vin furent remisés dans le jardin de derrière, la dent-de-lion les envahit et un jour ils se disloquèrent. Le vieux dressoir dut céder la place à un chauffe-eau surdimensionné qui évoquait les débuts du cubisme et demandait à être réparé plusieurs fois par an. La boîte aux voiliers a survécu. Le gros cordon que j'avais renoué pour que le carton mince ne tombe pas en morceaux avait manifestement éveillé la curiosité de l'homme venu débarrasser. Peut-être avait-il eu l'intention d'aller voir ce que contenait la boîte et plus tard avait oublié. Rien n'indiquait que la boîte eût été ouverte.

Quand Grand-père mourut, on brûla ses vêtements. Chez nous les morts s'en vont sans rien laisser derrière eux. Seules les photographies aux murs des maisons témoignent de leur vie, au moins un certain temps. Quand on les décroche, il reste des rectangles blancs, anonymes. Ce sont des cadeaux aux enfants des fils. Sur les murs vides ils cherchent des yeux leurs morts, tout en sachant très bien qu'ils ne peuvent trouver leurs visages qu'en dehors des cadres.

La veste de tricot bleu

La fine laine bleu clair me plut tout de suite. L'hiver était froid et une veste de tricot que l'on pouvait enfiler par-dessus tous les autres vêtements était exactement ce qu'il fallait. Quand ma mère m'en fit cadeau, elle dit que l'homme brillant de la lune l'avait faite pour moi. C'est ainsi que tout commença. Le même soir j'essayai de scruter le disque lumineux et me demandai si les Américains avaient atterri sur cette boule pleine. Je n'aurais pu l'imaginer autrement et mon ami Piotr Razinowicz, à qui je faisais en ces matières une confiance aveugle et qui fut mon premier amour, disait qu'un papillon aux ailes larges n'aurait même pas trouvé place sur un quartier de lune, pour ne rien dire d'une équipe de chercheurs lunaires avides de savoir. La lumière, expliquait Piotr, n'avait pas de forme solide et seule une boule pouvait contenir cet éclat qui rend les hommes si heureux. Je croyais Piotr, mais il y avait tout de même quelque chose qui me tracassait et que je ne voulais pas qu'il sût.

C'était le mouvement de la lune, la lune me suivait, quelle que fût sa forme ; même quand sa boule diminuait et qu'un jaune sourd la maintenait tout juste en vie, elle m'accompagnait partout. Cette filature m'inquiétait profondément. Que je monte ou descende la route sombre, que je danse dans un sens ou un autre ou suive la ligne jaune au milieu de la chaussée pour attirer sur moi l'attention de l'homme de la lune, l'astre s'attachait à mes pas sans que je puisse m'en débarrasser. Je n'en parlai pas à Piotr. La veste de tricot bleu me donnait des forces qu'il n'aurait pas comprises et dont il ne m'aurait pas crue capable.

Cet éloignement ne fut pas un hasard. Piotr se trouva bientôt une nouvelle amie, une fille à longues tresses et petite jupe à tablier. Naturellement elle l'écoutait avec une attention identique à la mienne au début. Un matin que je le rencontrai en train de livrer le lait, il me dit qu'il se pourrait bien que Milenka devînt sa femme. Ce fut la fin de notre amitié d'enfants. La faute en était à la lune, mais aussi aux rôles respectifs des hommes et des femmes auxquels tôt ou tard ils devaient se résigner, et cela commençait très tôt. Un homme pouvait être un ami, mais une femme restait une femme. On entendait rarement parler d'amitiés qui aient survécu à tout et dans notre région, en fait, il n'y en a jamais eu. Je serais bien restée l'amie de Piotr. Cette perte me rendit mélancolique, et plus tard, quand je me la rappelais, j'expliquais tout cela par l'inflexibilité de la loi. Jamais je ne pourrais en venir à bout toute seule si je ne partais pas. Je pensais à la souffrance qui suivrait mon départ, et c'est ce qui se produisit le jour venu.

Rétrospectivement il semble que tout a commencé avec la veste de tricot bleu. Elle me rendit attentive à la lune et sa couleur claire me semblait parfois être entrée en moi, comme si je la voyais parce que je la portais de toute façon en moi. J'appelai la veste de tricot bleu mon *corps lumineux.*

Souvent dans la journée je descendais seule à la mer. Le soleil brillait, la chaleur de l'asphalte brûlant montait jusqu'à mes chevilles, mais j'avais toujours la veste. Quand je regardais le ruban de la route en pente, l'air vibrait et les feuilles jaune coing des arbres chargés de fruits qui s'abaissaient jusqu'au mur menaçaient de se brûler à la pierre. Un bref coup de vent passa dans le maigre fourré d'achillées au bord du chemin. Un bourdonnement d'une intensité inouïe remplissait le paysage. Tandis que je regardais à travers les feuilles des plantes, j'entendis au loin un véhicule approcher. Dans quelques minutes le conducteur aurait laissé derrière lui le coude du chemin et avec lui le sommeil vibrant de l'été. On pouvait maintenant le voir au croisement. Celui-ci était entouré de grands marronniers aux feuilles houleuses, une escouade de voix qui semblaient lancer des avertissements comme pour forcer les voyageurs au repos. Les minces rangées des lignes électriques étincelaient et les mâts s'élevaient au-dessus de moi comme des poteaux de torture qui pouvaient à tout moment se renverser et m'assommer. L'asphalte devenait pour les serpents, les écureuils, les chiens et les chats, la caverne de Polyphème : il les dévorait, l'un après l'autre, ils succombaient à sa brûlure et aucun ne pouvait plus s'échapper. Moi, je me sentais en sécurité. Dans le silence de ma tête il n'y avait pas de danger. Je voyais le danger, mais je n'avais rien à faire avec lui. C'était un être en soi qui par hasard avait croisé mon chemin. Nous nous saluions et chacun continuait sa route.

La veste bleue resplendissait, un bateau-phare qui flottait dans le vaste ciel sans nuages. J'étais debout sur la digue et me nouai la veste autour de la taille. La clarté commençait à m'éblouir et en très peu de temps le môle ne fut plus visible. Tout à coup le bleu le plus lointain s'était rapproché, il se partageait au-dessus de ma tête et ma veste l'aspirait. Je baissai les yeux pour me regarder et, quand je les relevai sur la mer, l'air ne se distinguait plus de l'eau.

Sur le chemin du retour j'entendis sonner le glas. Grand-père m'avait expliqué en quoi cette sonnerie différait des cloches du dimanche et de celles de huit heures du soir en l'honneur de la Sainte Vierge. Le son du glas était grave. Pour l'oreille, c'était comme si le bronze se cassait et que le manteau en forme de poire tombait dans le cimetière, droit sur une tombe. La vieille église semblait trembler. On n'apercevait personne à la ronde. Le ventre pesant de la cloche des morts se remplissait d'invisibilité. Le carillon déferlait et planait sur la campagne brûlée par la canicule. Le sonneur décollait du sol pour de courts instants. Puis il sautait à terre, tirait sur la corde pour faire descendre le bronze pesant et pour quelques fractions de seconde s'envolait de nouveau.

Au firmament je découvris une trace blanche qui s'étendait sur toute la longueur de l'horizon. Souvent j'avais vu ce sentier céleste et j'y voyais un rapport avec les lointains projectiles de mes pensées. La ligne comme une fusée partageait le ciel en deux moitiés. Dans l'espace, au début petit, qui s'ouvrait entre elles, apparurent des ailes d'oiseaux et des visages d'animaux. Je les regardai jusqu'à ce que les larmes me montent aux yeux. J'étais sûre que le bleu du ciel n'était si bleu que parce que je le souhaitais et croyais à sa luminosité estivale. Les projectiles que je craignais ont, dit-on, existé.

Ils ne partaient pas dans les trous noirs de l'univers comme je me l'étais imaginé, ils atterrissaient dans d'autres villes, pays et continents. Les gens descendaient et partaient, se mouvaient sur une terre inconnue comme sur leur propre champ de maïs. Jamais ils n'attendaient leurs âmes, oubliées dans des villages, des prés, des forêts, sur des côtes et sur les mers. Les projectiles augmentaient leur puissance, continuaient à tailler en pièces le bleu du ciel de mon enfance et il me fallait toujours recoudre et rapetasser. Mais cela se passa beaucoup plus tard, quand j'eus compris que ma veste de tricot bleu n'était pas devenue plus petite avec le temps, mais que c'était mon corps qui avait grandi.

Mon ami Piotr aurait dit quc les projectiles étaient tout simplement des avions qui pouvaient tenir en l'air parce qu'ils imitaient les oiseaux. Sans doute cette vue des choses pouvait même avoir été intelligente. Mais moi, je ne cherchais pas à donner quelque nom que ce fût à ces instants. C'était le lointain qui me plaisait et je m'y perdais dans la même mesure que je m'y retrouvais. Je sentais que je ne tombais pas hors du monde – c'était le monde qui tombait en moi.

La tueuse de serpents

Le sable charrié en brouettes depuis la large bande côtière était en peu de jours devenu blanc comme un désert. Mon père construisait le second étage et les jeunes hommes des villages voisins l'aidaient aux travaux nécessaires. Les uns mélangeaient le ciment, les autres apportaient des pierres. Celui à qui mon père n'avait pas assigné de tâche sur le chantier allait à la ville acheter ce qui manquait. Le chien vagabondait autour des corps d'hommes aux gestes pressés et les chats, le poil hérissé, se réfugiaient sur les poteaux électriques quand l'animal leur courait après en aboyant comme un écervelé. Ma mère faisait cuire de la soupe de courge dans une grande marmite dont l'odeur envahissait toute la maison, et les ouvriers debout se mettaient à boire le vin de Grand-père pour ensuite s'asseoir dehors autour de la table ronde que nous avions fabriquée avec une poutre et de vieilles lattes récupérées de la centrale électrique.

De la table j'essayais d'apercevoir la montagne de sable et je découvris sur le sommet arrondi deux jeunes serpents dont les longs corps scintillants se dirigeaient vers l'amandier à travers le sable fin. Ils paradaient au soleil, dardant rythmiquement leurs langues rapides. C'est à cela que ressemble la peur, pensai-je. Ces flèches déclenchèrent en moi un début de crainte, le pressentiment, qui plus tard seulement deviendrait certitude, que tout était voué au déclin. À l'époque je croyais encore que les serpents étaient protégés de la pourriture et de la décomposition par leur venin. Est-ce qu'ils essayaient avec la puissance de leur langue d'échapper à la mort ?

Soudain je vis une vieille femme tout habillée de noir dont la jupe était ourlée de roses resplendissantes. Elle était debout, comme une apparition, devant le tas de sable où les serpents se chauffaient au soleil. Elle me regarda dans les yeux et sourit en ramassant par terre un gros bâton. J'étais toujours à table avec les ouvriers. Ils mangeaient, tout occupés à se reposer, et personne ne se souciait de ce qui se passait plus loin. Un léger vent se leva, un cheveu dansa autour de ses sourcils que maintenant je pouvais bien voir. Je me levai et allai vers la femme qui ne s'inquiéta pas de moi, comme si nous appartenions à deux mondes distincts, invisibles l'un pour l'autre. Elle tenait maintenant un bâton mince, une jeune branche qu'elle devait avoir cassée à l'amandier en fleur. Elle avait laissé tomber le gros bâton. À ses doigts étaient collées de délicates fleurs roses, agglutinées en petits rouleaux qu'elle essaya de faire tomber d'un geste brusque. Est-ce qu'on frappe les serpents avec des fleurs, me demandai-je, et j'étais triste pour les fleurs mortes car je savais que cela entravait la croissance des délicieuses amandes, rarement amères.

Dans les yeux de la femme il y avait un centre, ce point ne laissait rien passer. Elle voit tout, pensai-je, même si elle ne regarde rien de précis, même maintenant que son regard évite le mien. Mes mains moites lui échappaient aussi peu que le trébuchement maladroit contre le premier barrage au bout de la prairie que Grand-père, comme il apparut après coup, avait construit avec des galets trop lisses, pour empêcher que les fortes pluies n'entraînent la terre brun-noir et ne l'emportent en petites vagues jusque devant la porte de la maison.

Avant que la vieille surgie du néant commençât à frapper sur les serpents, je remarquai qu'elle avait une dent en or qu'elle touchait de l'index, doucement, mais résolument, presque par saccades. Ce geste me paraissait une invocation au Grand Esprit, au nom duquel elle s'était présentée à moi et qui tôt ou tard se serait occupé de moi si la femme à la dent d'or n'avait pas surgi et ne s'était pas d'abord attaquée aux fleurs d'amandier, puis aux serpents, alors que, en définitive, c'était moi seule qu'elle visait. Lentement son bras se leva, le bâton fendit l'air en sifflant et s'abattit sur les corps scintillants. Le vent s'engouffrait dans la vallée de ses coups, remontait, tourbillonnait autour de son corps jusqu'à ce que les roses de sa jupe, des lambeaux d'étoffe cousus depuis peu, menacent de s'envoler. Ses cheveux s'échappaient du fichu et pour quelques secondes la maîtrise de son visage et le centre de ses yeux firent place à une grimace haineuse. Elle serrait ses dents très blanches. Ses cheveux gris avaient un éclat laiteux, ils m'aveuglaient. Elle eut un sourire plein d'audace et, de l'index, me fit signe d'approcher jusqu'à ce que je me trouve devant elle. Elle m'obligea à regarder dans la gueule des serpents, abîme noir qu'elle tenait ouvert entre le pouce et l'index. De nouveau elle les frappa. Ses bras ressemblaient de plus en plus à des ailes déployées et, quand elle partit, le vent se mit à souffler. Sa jupe se souleva, le soleil chauffa quelques secondes son vieux corps. Mais elle vainquit le rayon de soleil à sa façon. Elle décapita les roses et s'en alla sans un mot. Je restai seule, plongée dans l'étonnement.

Dans les haies et les fraisiers de notre jardin envahi par la végétation, il y avait toujours eu des serpents.

C'est de là qu'ils avaient dû sortir à midi, attirés par la chaleur du sable clair. Chaque été Grand-père brûlait des sandales usées et de vieux pneus de vélo et de voiture. Il disait que les serpents ne supportaient pas longtemps l'odeur du caoutchouc et s'éloignaient des hommes. Mais chaque été ils étaient là et la puanteur n'avait pas réussi à les chasser.

Après la visite de la vieille je ne vis plus de serpent dans la haie que tout le monde évitait. Les années suivantes, quand arrivait l'été, je lançais, à bonne distance, de petits cailloux en direction des fraisiers. Rien ne se produisait et les feuilles cessèrent définitivement leurs froissements suspects.

Le jour où la tueuse de serpents avait fait son apparition, j'avais jeté quelques coups d'œil pleins de crainte respectueuse à la montagne de sable blanc désert. Les corps des serpents s'étaient dissous dans l'air. Disparus, comme si la vieille à la dent en or les avait mangés en toute hâte, les avait donnés comme humus à ses roses pour qu'elles poussent et puissent recouvrir son corps qui sentait la vieillesse.

Les roses ne me donnaient pas le change. Leur rouge était le rouge du sang. Et leurs pétales étaient les joues oubliées des défunts. Elles se fanaient autour des mollets de la vieille comme si sa chair ridée leur rendait leur couleur. L'image des roses me poursuivit longtemps.

Quand je fermais les yeux, un rouge brillant m'attirait en lui. J'étais ce rouge, je volais dans les airs, j'étais transportée en lieu sûr. De petits arbres poussaient sur ma peau. Les roses avaient une odeur de paix. Le brouillard se déposait sur mes cheveux. Je voyais des palmiers, grands et nombreux, se répandre en direction de la lumière dans une vallée à la forme admirable. Les cimes toujours vertes dansaient. Au début il tombait une légère pluie, mais bientôt on voyait avec la plus grande netteté les grosses gouttes rebondir sur le sol sec. Les palmiers s'échevelaient dans les tourbillons du vent, le brouillard descendait et passait en nappes devant moi. Si j'avais été une goutte de pluie, je serais allée avec bonheur vers la clarté avec les champs de brouillard. Peut-être la mer avait-elle disparu, pensais-je, mais cela, seuls les nuages chargés de pluie qui suivaient leur route au ciel pouvaient l'avoir vu. Bien que je sois ici dans le ciel, disait une voix en moi, si proche du ciel.

Quand j'ouvris les yeux et regardai autour de moi, le soleil avait percé, rougi le dos de mon père, les jeunes hommes n'étaient plus là. Des mains secouaient mon corps, de la musique venue de la cuisine d'été envahissait le vert des prés où je m'étais étendue. Le visage de ma mère se pencha sur moi et il y avait une lueur chaude dans ses yeux. Cette chaleur était aussi montée dans le milieu de mon corps et la chaleur de ma mère se répandait maintenant en moi. Je m'endormis et dans mon sommeil je me sentais encore portée par les paysages de brouillard.

On racontait au village qu'une femme, dans les champs, avait été mordue par un serpent et que le serpent était mort alors que la femme avait disparu dans l'étendue verte ondulante et que du rouge flottait autour de ses chevilles, comme si elle avait tué le soleil couchant. Je rêvai d'elle, emportée hors du monde des humains et disparaissant dans le néant sans nom. Dans mon rêve le bord de sa jupe était encore beaucoup plus beau, et combien plus encore le fourré des roses rouges ! La vieille, je ne la vis plus, mais je n'oubliai jamais qu'elle avait apporté la mort au soleil et aux serpents. Elle avait le visage d'une sainte.

Étés lointains

Les soirs d'hiver, quand il y avait de la neige devant la porte et que les tempêtes avaient fait rage pendant des jours dans les forêts voisines, quand les nuits sans étoiles devenaient d'une obscurité angoissante et que le ciel avait englouti la lune, ma mère disait en regardant la bourrasque froide par les fenêtres rouillées de la vieille maison : « Mon œil recommence à me jouer des tours, il arrivera un malheur. »

Si je devinais de quel œil il s'agissait, ma mère se signait, ajustait son fichu et remerciait Dieu d'avoir été épargnée. Quels tours lui jouait son œil et pourquoi de préférence en de telles soirées de décembre ? Cela ne pouvait tenir qu'à la peur que l'hiver inspirait à ma mère. Elle appelait la neige l'enfer blanc.

Les congères laissaient derrière elles un paysage de pantomime. La neige tombait sans un son. Les arbres givrés, les chemins glissants et les buissons que le gel avait dénudés absorbaient le blanc des flocons jusqu'à perdre leur forme. Les enfants se livraient à des devinettes, essayant de retrouver le nom des choses sous ces formes blanches et molles, avec des voix que l'excitation rendait stridentes.

Je souffrais de troubles de mémoire et ne pouvais plus me rappeler les fleurs ni les odeurs, les animaux ni les oiseaux. Il faisait si froid que j'avais tout simplement oublié combien de papillons août avait apportés, combien de fois j'avais couru derrière eux, parlé avec eux, les suppliant de rester avec moi, sur ma main nue. Les belles créatures ailées s'envolaient toujours, continuaient leur vol. Plus je m'approchais d'eux, plus ils se hâtaient de disparaître dans les airs et de se mettre à l'abri de mes cris dans les cimes des arbres et sur les pignons des maisons environnantes.

La nuit, couchée dans le lit glacé, la tête enfouie sous l'oreiller, je les revoyais. Les bigarrures de leurs ventres m'enchantaient. Est-ce qu'il existe un pays des papillons ? demandais-je à ma mère. Je croyais désormais les vieilles gens pour qui les papillons étaient des sorcières métamorphosées qui, à cause de leur petitesse fragile, étaient devenues à jamais inoffensives pour les humains. On racontait que seules des femmes singulières et entêtées se changeaient en papillons, parce que c'était le meilleur moyen de ne pas être reconnu. J'aimais leur luxe de couleurs (mon Dieu, que les sorcières avaient dû être belles !) et la douceur de leurs larges ailes déployées apaisait mes yeux. Mon regard s'attardait longtemps sur ces ailes paradisiaques. Parfois elles se réduisaient à de minuscules visages triangulaires. En me les représentant, j'étais vite engloutie dans un monde qui, semblable en cela à un rêve, tournait comme un manège bariolé. Il y avait là les plus belles fleurs et les plus suaves odeurs et, à perte de vue, les plus rayonnants des cieux. Les fleurs se laissaient porter à travers les airs comme des gouttes de pluie et tombaient sur ma peau qui avait pâli pendant les mois d'hiver et n'était plus habituée aux caresses.

Le sentiment de bonheur était augmenté par la multiplicité des noms de papillons. Le filtre bleu, le foret de pâturage, le gazé, le voilier, le sylvain, le souci, le machaon, la grande queue de fourche, la piéride du chou, le citron, le vulcain, le petit et le grand mars, le point de Hongrie, le sphinx, l'aurore, le petit paon de nuit, le paon de jour, le demi-deuil, le soufré, l'apollon, l'isabelle, la belle-dame, le morio, la petite tortue, l'hespérie, le robert-le-diable. Tous passaient à tire-d'aile au-dessus de ma tête : mondes diaphanes, parfaits.

Devant la fenêtre de ma mère l'hiver soufflait une bourrasque de neige après l'autre. Les gens sortaient emmitouflés, leurs gros bonnets de fourrure se risquaient prudemment sur les chemins verglacés. S'attendant à tout moment à tomber, ils prenaient l'itinéraire le plus court pour aller faire leurs achats et rentrer chez eux. Les hommes buvaient de temps en temps une bière ou un schnaps à l'auberge proche. Comme ils n'avaient pas eu de travail pour l'hiver, ce qui n'était pas inhabituel dans notre région – car il n'y avait que des forêts et des jardins –, ils lésinaient sur le pourboire au début généreusement glissé au serveur, comme nous le racontait Grand-père à son retour. Désormais même cela était fini et leurs visites au cabaret se faisaient de plus en plus rares. Ils restaient à la maison et chauffaient dans le four leurs pieds engourdis. Parfois il y avait chez nous une vraie bousculade autour du poêle, chacun voulait être le premier à tendre ses orteils vers la bienfaisante chaleur.

Ma mère regardait par la fenêtre et s'absorbait dans la récitation de son chapelet. Tous les quelques jours son œil lui jouait des tours et elle me prenait par le bras, me faisait deviner quel œil cette fois faisait des siennes.

J'avais peur de mal deviner et de contribuer au malheur, au sien, au mien, à celui de Grand-père – qui pouvait savoir ? –, et d'être responsable de ce qu'on aurait pu éviter sans mon intervention.

Alors l'hiver n'en finirait jamais et les congères laisseraient bientôt un vide dépeuplé, dans lequel il n'y avait pas de Dieu et que ma mère trouvait intolérable.

Ce silence qui s'installait dans la maison ne voulait pas prendre fin. Il couvrait chaque objet d'une poussière d'éternité, et nous avec, ma mère, moi et Grand-père. Il ne nous voyait tout simplement pas, nous, vivants, assis sur nos tabourets devant le poêle de fonte dont le tuyau laissait échapper de petits nuages de brouillard ardent, quand le vent était défavorable et que les nuits de gel s'annonçaient dès midi.

Peu avant le printemps, Grand-père fit une chute. En se levant il se heurta la tête à l'arête aiguë du poêle. Depuis ce jour il eut des douleurs. Les médicaments n'y faisaient rien. Je souffrais avec lui. Et parfois je mettais tout sur le compte de l'œil espiègle. Quand de nouveau ma mère me prenait par le bras et disait : « Mon œil me joue des tours, il va arriver un malheur », je fermais les yeux. Mais chaque fois je devinais juste et rien ne se passait. L'hiver se termina avec le retour des oiseaux. Vinrent l'adieu et l'oubli. Puis de nouveau ce fut l'été, le soleil se répandit largement dans les vallées, sur le dos des montagnes, les prés et les champs, et les papillons de mes rêves voletaient autour des fenêtres. L'odeur fraîche et épicée des eucalyptus se mêlait à celle des tonnelles de jasmin qui embaumaient surtout le soir. Les cyprès de Grand-père se tenaient droit comme des flèches dentelées dans le vent rafraîchissant de l'été. Les gens sortaient de nouveau sans bonnet.

Les billets volants

Une diva d'opéra parlait à la radio. Des mots se détachaient comme *chansons d'amour*, *chants de vie*, *perte de voix*. Il était question de *tons intérieurs*, des extraits de concerts étaient intercalés. Se pourrait-il que chaque être ait sa chanson, se demanda Myrna en appuyant vite sur la touche d'enregistrement. La diva chantait comme si elle planait au-dessus des maisons de ce monde. Sphères, trajectoires des planètes – comme une spirale elles entouraient le corps de la cantatrice et formaient une sorte d'enveloppe protectrice. Personne ne pouvait la blesser, pas avec cette voix. En tout cas c'était ce que Myrna se figurait. La tête appuyée contre la petite enceinte poussiéreuse, elle regardait au loin comme elle l'avait fait quand sa mère était partie au village avec ses frères et sœurs.

Peut-être était-ce pour cette raison que, ce jour-là, elle avait tout de suite couru au premier magasin de musique et s'était acheté le disque, elle qui n'avait jamais aimé l'opéra. L'enregistrement d'alors n'était plus qu'à moitié audible, la cassette ayant fait un long usage. Ce blanc au milieu du chant avait occupé Myrna. Il lui apparaissait comme un blanc fait pour elle. Des blancs, il y en a beaucoup dans la vie, des endroits où l'on ne peut ni marcher ni s'arrêter, dont on ne peut pas parler, des endroits sur lesquels on ne peut que glisser avec précaution, qui deviennent des lieux sans images et hébergent des hommes qui vivent sans souvenir. Dans ces lieux, le silence règne, inquiétant, la feuille d'automne remue à petit bruit. Tous l'ont vue, personne ne dit mot, les feuilles sont un danger, les feuilles bougent. Elles parlent, droit dans les visages des hommes. Mais les hommes se taisent, regardent en eux-mêmes, ne trouvent rien, sortent au-dehors, craignent les feuilles et baissent le regard, yeux sans images, bouches comme des traits, ne veulent rien dire, se taisent à en mourir.

Le blanc de Myrna est la phrase que la diva est en train de chanter. Cette phrase remplit la place vide du souvenir. Les images arrivent sur des chevaux qui caracolent dans des prairies vertes, sur le dos des mulets qu'on ramène des vignobles. Les pages de l'album de souvenirs froufroutent comme les feuilles des arbres au vent d'automne, elles ont leurs fleurs derrière elles, ont suivi le cours des choses et, détachées des branches, attendent le prochain été. Myrna ne croit pas à la mort des feuilles flétries. Elle croit à leur retour. Au retour de tout. Rien ne disparaît, ne se dissout ni ne se perd. Tout est là, toujours, à chaque instant. L'oreille gauche se colle à l'enceinte, ses doigts enserrent l'appareil comme s'ils voulaient interdire à la diva de s'en aller, obliger sa voix à ne pas partir, à ne plus jamais partir, à vivre dans le blanc, à être un pont pour eux, les feuilles qui reviennent, les mulets, les chevaux de son enfance.

L'oreille est un coquillage délicatement modelé, baigné par le liquide amniotique de la mer, un embryon. L'oreille est un cœur qui bat et porte la vie palpitante à la diva. L'oreille est un enfant, elle entend tout, rien ne lui échappe. Même à l'époque Myrna a cru cela. Dehors l'obscurité s'était faite rapidement. Le grésillement des grillons de cet été se mêlait dans les oreilles de Myrna au chant de la diva d'opéra. Les rideaux de tulle blanc se soulevèrent un peu sous l'effet d'un souffle de vent et retombèrent.

Maintenant la pièce aussi est sombre. Myrna allume sa lampe et l'éteint, ce n'est que dans l'obscurité que l'on voit la beauté des lumières. Elle regarde par la fenêtre et chante l'air de la diva. Le vent est discret, doux, un souffle, rien à voir avec la bora de son pays. Myrna regarde au loin, à voix basse lui arrive la langue de son enfance, phrases, mots, le visage du père viennent à elle comme si elle se tenait au milieu de ces années déployées en éventail tel un jardin. Une image revient, flotte devant ses yeux, portée par de petites vagues, presque, pense-t-elle, comme un voilier sur une mer légère. D'abord les personnes surgies devant son œil intérieur se balancent devant elle. Puis leurs contours se précisent et plus elles approchent, mieux on reconnaît les traits de leurs visages, plus leurs silhouettes lui deviennent familières. Myrna se sent transportée à l'époque des maisons basses et voit devant elle sa mère, ses frères et sœurs, son grand-père qui viennent de partir pour le village. Le grand-père veille un mort depuis deux nuits, à midi il est rentré à la maison pour dormir un moment et maintenant il y retourne. Les hommes du village veillent le corps du petit père Tomaš. Pour rester éveillés, ils boivent du schnaps.

Myrna ne veut pas aller avec eux et feint d'avoir mal au ventre et à la tête. Elle a entendu dire que l'eau de la citerne n'était pas assez propre et que bien des enfants avaient été malades pendant des jours. Elle se plaint de crampes, elle se sent mal, dit-elle. Sa mère, avant de partir, lui donne une bouillotte et de la tisane. Puis Myrna voit les trois silhouettes, de plus en plus petites, arriver au bout de la route empierrée. Tout de suite à la hauteur des figuiers du vieux Branko derrière lesquels les premiers cyprès débouchent dans un large chemin bordé d'arbres ; ils sont avalés par le paysage. D'un bond Myrna se précipite dans le jardin. Enfin elle peut être seule. Elle compte les fleurs de l'amandier jusqu'à ce que ses yeux d'abord, puis son nez, son visage et pour finir tout son corps se reposent dans le balancement de la cime, et les papillons blancs, leurs ailes en triangle, contemplent avec elle l'abondance des fleurs couleur de cygne. À un moment ces triangles aussi deviendront des fleurs et Myrna les compte avec les autres. À cause de leur couleur blanc rosé on peut facilement les confondre avec les fleurs d'amandier et leurs corps laissent sur les branches des cônes de lumière qui commencent à flotter. Ce sont mes tours de magie verbale, ils rendent tout beau, pense Myrna, et ses pieds redescendent de l'arbre. Elle s'assied dans la forêt de thuyas, son père a planté les arbres il y a quelques années. Ils sont maintenant aussi grands que Myrna elle-même. Elle s'imagine qu'elle grandit avec les thuyas, lentement, patiemment, jusqu'à ce que son père revienne enfin de ses longs voyages.

Comme dans le jardin d'herbes à l'abandon, le sol est ici parsemé d'ombelles de fenouil. Myrna arrache la plante du sol, mange le fruit, la tige, et mâche la racine.

La lumière des lampes vespérales a attiré les papillons, ils se pressent autour du globe lumineux au-dessus de la porte d'entrée que Myrna a oublié de fermer. Dans cette nébuleuse confuse de ventres de papillons, elle voit une sorte de rencontre de chauves-souris. Les chauves-souris sont des adoratrices de la lune, dit Myrna qui croit que les chauves-souris sont à l'origine des éclipses de lune et de soleil dont deux ou trois vieux paysans parlaient le soir, assis sur la place du village, leurs chapeaux graisseux luisant à la lumière du jour comme s'ils allaient s'envoler et disparaître avec les insectes et les oiseaux dans le ventre du ciel. À l'église les hommes ôtaient leur chapeau gras. Sinon Myrna, qui n'avait jamais compris pourquoi les vieux en venaient à parler d'un phénomène aussi rare, ne les voyait jamais sans leur chapeau, en général ceint d'un cordon noir qui, selon la position de la tête de celui qui le portait, regardait en l'air ou en bas, ou était là, rond, permanent, comme les cernes dans l'aubier des arbres.

Pour ce qui était des éclipses, elles avaient remué quelque chose en Myrna. Elle avait éprouvé une sensation curieuse en écoutant les propos des hommes, comme si une main invisible, sortie du grand néant, s'était posée sur ses cheveux. La petite fille s'imaginait que les trous de feu et les astres qui entouraient la terre, dans une sorte de couche d'air ronde, étaient remplis par les chauves-souris de ses pensées. En tout cas c'est ainsi qu'elle l'avait vu devant elle par la fente de ses paupières presque fermées. La forme ronde présentait des lacunes qui avaient été colmatées par les corps des chauves-souris de sorte que plus un seul rayon ne parvenait à la terre.

Qui en fait recevait la lumière et de qui ? se demandait-elle. La lune du soleil ou le soleil de la lune ? Un des anciens Grecs aurait supposé une couverture par des corps célestes semblables à la terre, avait-elle lu dans le livre de sa mère, un livre qui savait tout et dont les pages avaient jauni avec le temps comme celles de la Bible dans la maison du prêtre du village. Mais, malgré ce livre qui savait tout, elle préférait croire à ses chauves-souris. Un autre chercheur aurait plus tard découvert que la lune recevait sa lumière du soleil et que, lors d'une éclipse de lune, l'ombre de la terre recouvrait la lune. Myrna aurait mieux aimé un vrai combat entre les astres. Aussi se représentait-elle les bonnes chauves-souris remplissant prestement les trous du ciel, se procurant des outils et, pleines d'enthousiasme, s'exhortant mutuellement à continuer et à tenir bon.

Myrna, tout absorbée par la boule lumineuse et les essaims de papillons de nuit, fut, ce soir-là, interrompue dans sa contemplation par un bruit de freins. C'était son père qui revenait. Il prit sa valise dans le coffre et de loin cria le nom de Myrna. Il l'avait tout de suite reconnue à la lueur de la lampe de l'entrée. Un moment encore l'auto qui avait amené le père éclaira la ligne jaune au milieu de la route, puis s'éloigna tout aussi vite qu'avaient disparu les trois silhouettes l'après-midi.

De la valise sortirent toutes sortes de choses bigarrées qui sentaient bon. Des savons ronds, couleur de menthe, des petites boîtes bleu clair, des barres de chocolat, des sachets de café, des chemises de bûcheron, des barrettes à cheveux, des chaussettes de laine et des collants de Nylon jonchaient le plancher blanc comme des trésors venus de mondes anciens et qu'on avait crus perdus. Les autres membres de la famille apparurent et se tinrent à la porte, penchés les uns par-dessus les autres. Le grand-père, qui ne s'était pas rasé, les frères et sœurs et la mère de Myrna s'étaient rencontrés à la jonction de la route empierrée et de la route bordée d'arbres. Ils saluèrent celui qui était enfin revenu et, les yeux rayonnants, appelait tout le monde à se réunir à la cuisine, les priant de prendre place sur le divan, les chaises ou par terre. Puis il sortit de sa veste une épaisse liasse de billets. Quand le silence complet fut revenu dans la bonne chaleur de la cuisine, après que, d'un brusque geste du bras, mon père eut coupé court aux rires et aux appels des enfants ainsi qu'aux embrassades de sa femme, les billets volèrent en l'air et se répandirent comme une riche pluie d'été sur les épaules des spectateurs. Chacun se hâta d'en ramasser le plus possible et bientôt le plancher clair, couvert de billets un instant auparavant, réapparut. Le grand-père mal rasé reçut l'argent rassemblé et en disposa dans les mois suivants.

Myrna sort, surtout en été, le disque de la diva d'opéra et se couche sur le sol. La pureté de la voix se mêle aux billets qui voltigent après le retour du père de l'étranger. Elle avait attendu son père comme s'il était un roi dont on n'avait plus de nouvelles. Elle s'asseyait sur les marches de pierre et suivait des yeux les autos qui passaient. Oui, il pouvait se trouver dans chacune, freiner, descendre et jeter les billets en l'air. Les tours de magie verbale de Myrna sur l'amandier avaient ce jour-là produit leur effet et l'avaient ramené dans la maison au long corridor. Parfois ils étaient impuissants à le faire revenir dans la maison au long corridor. Mais ces sortilèges l'aidaient à oublier la durée de son absence et jamais elle n'y renonçait.

Aujourd'hui la diva chante pour Myrna, rapetisse les espaces d'autres nostalgies, annule les grandes distances qui la séparent des gens aimés, et parfois ils sont à la porte. Quand Myrna leur ouvre, ils ont des bouquets de fleurs à la main, chantent des chansons, fredonnent pour eux-mêmes, perdus dans leurs pensées.

Chacun a quelque chose qu'il sait particulièrement bien faire. Le père de Myrna faisait voler les billets. Myrna sait attendre, partout, dans la forêt de thuyas, sous les cyprès, sur l'amandier, en regardant la boule lumineuse devant la porte d'entrée, en admirant le vol rapide des oiseaux, les mouvements lents des papillons, en mâchant le fenouil sauvage, en écoutant les airs d'opéra. Les lacunes glissantes dans la sphère d'influence du souvenir ont changé, sont devenues des champs, des jardins, des plates-bandes. On peut y courir, planter des fruits, labourer la terre, s'y étendre, regarder le ciel, dormir, chanter, écrire au père, graver des chansons dans la terre, des chansons de vie, des chants d'oiseaux, des chants qui vous viennent à l'esprit quand on veut chanter, quand le soleil se lève et que la lune se pelotonne, quand la mer monte et que les barques reviennent saines et sauves, quand toutes les autos ont passé et qu'on a encore l'espoir que le père arrivera, freinera, descendra, vous appellera par votre nom et lancera dans le ciel les beaux billets qui reviendront se poser sur votre épaule, de façon à ce que le père les voie et croie qu'il y en a assez, je n'ai plus besoin de partir, je peux rester ici, chanter une chanson à ma fille.

Pedanios Dioskoridès

Mon premier désir de lointain, j'essayai de l'apaiser à la cime de notre amandier. Mais ce qui m'attendait dans sa couronne verte et murmurante était bien loin de ce que j'avais espéré et souvent imaginé, comme le font tous les enfants. Sans doute m'étais-je un peu rapprochée du ciel, mais il apparut vite que mon ascension n'avait fait que l'éloigner davantage. Jamais personne n'avait grimpé aussi haut que moi. Mais cela ne me servait à rien. Je restais en arrière, bouleversée. C'était comme si, dans des conditions difficiles et aventureuses, on avait dérobé à quelqu'un qu'on désirait de loin ses plus beaux vêtements, et que l'on constatait qu'ils étaient beaucoup trop grands, que l'imagination taillait et cousait selon d'autres mesures que la réalité, ce qui plus tard devait cependant se révéler un avantage.

Souvent j'avais le pressentiment que quelqu'un pourrait un jour m'amener en un lieu où mon ascension ratée dans le cadre bleu du monde me serait comptée comme quelque chose de précieux. Bien sûr j'avais connaissance de la mort, mais elle ne me faisait pas peur. La première personne que j'ai vue couchée dans un cercueil dégageait une telle paix que je l'enviais presque. Seul le cercueil me parut superflu, ce bois sombre, sévèrement menuisé, m'irritait. Dans la chambre mortuaire, un des nombreux membres de la famille, qui avaient fait le voyage, distribuait des oranges. Jamais je n'oublierai ma joie en écorçant le fruit et en sortant au soleil pour associer l'éclat des deux boules brillantes.

À l'époque mon père était en voyage. Il arriva métamorphosé, le lendemain de l'enterrement, et prétendit être Pedanios Dioskoridès. Il avait été en mer. Il s'était laissé pousser la barbe et ses cheveux noirs bouclés lui donnaient l'air imposant d'un corsaire. Ils faisaient à sa tête comme une couronne et je crois bien qu'on disait de lui : « La couronne, oui, elle lui est poussée à l'étranger. »

« Les jours là-bas étaient lumineux », dit-il en sortant de ses poches des plantes que je n'avais jamais vues. Mon père était devenu un autre, tout le monde le sentait. Quand il se taisait, il avait l'air de dialoguer avec quelque chose qui nous échappait. Je me demandais s'il y avait près de lui des formes qui n'étaient visibles que pour lui, des êtres qui nous restaient cachés pour des raisons inexplicables ou ne voulaient pas se montrer à nous. Cette pensée ne m'était pas étrangère. Mon père avait l'air de se taire même quand il parlait. On lui entendit raconter toutes sortes de choses, des histoires de la Méditerranée, de l'Orient, dont on disait que nous étions l'extrémité. Mon père avait apporté avec lui un monde plein de couleurs et d'odeurs. Je l'écoutais attentivement, voyais combien il aimait raconter, suivre des traces qui se dispersaient aux quatre points cardinaux jusqu'à ce qu'il n'en restât rien et qu'il cherchât autre chose.

Quand j'allais me coucher, je l'entendais taper sur sa machine à écrire dont le clavier russe me paraissait un grand mystère. Je crois que son grand-père prétendait avoir acheté cette machine à un brocanteur de Saint-Pétersbourg lors d'un de ses premiers voyages en Russie. Depuis son arrivée, mon père écrivait sur ce vieil engin qu'on entendait jusque dans le jardin. Quand il marchait à travers la pièce au sol fait de larges planches, très anciennes et presque brutes, le bois grinçait sous ses pas et le bruit arrivait jusqu'à moi. Un jour je me levai dans la nuit. J'avais été éveillée par le rythme régulier de ses pas et quelque chose me poussa à traverser les pièces encore inondées de lumière à une heure tardive. Cela sentait le jasmin, partout étaient éparpillées de petites fleurs blanches, certaines voletaient à hauteur de ma tête. Çà et là des papillons citrins venaient à ma rencontre, avec des ailes merveilleusement claires, presque transparentes, et si supérieurs à moi dans leur vol. La porte de mon père s'ouvrit, créant un fort appel d'air, et les papillons disparurent dans la vaste obscurité de la fenêtre. Le courant d'air soudain les avait emportés dans la nuit.

Mon père ne me remarqua pas. Profondément absorbé en lui-même, il passa à côté de moi d'un pas traînant comme si j'étais faite d'air et de nuages vides. Tout baignait dans la lumière du souvenir, aussi claire que cette pièce de mon enfance rêveuse. Dans ses bras il portait d'innombrables fleurs séchées. Je ne savais pas d'où lui venaient ces choses parfumées qui lui faisaient comme une seconde peau. En le regardant, je compris qu'il possédait des facultés qui lui permettaient de capturer les odeurs des plantes. Je le comprenais sans qu'une pensée se fût formée en moi, simplement en regardant les plantes dont les odeurs me charmaient depuis longtemps. À partir de ce jour, en secret, j'appelai mon père le *preneur d'odeurs* et je m'imaginai qu'il possédait une corbeille invisible où les parfums disparaissaient.

La même nuit je le vis trier des racines, des sucs, des fruits, des tiges et des herbes. Je compris d'emblée sans savoir ce qu'il faisait au juste. Quelque temps après, quand il installa « ses deux coins », le coin aux médicaments et le coin aux épices de cuisine, je sentis que je participais à sa vie invisible qui me plut aussitôt.

Au début mon père hésitait à parler de ses plantes. Puis il prit confiance en moi qui l'écoutais et décrivit des cultes bachiques où ma plante favorite, l'innocent fenouil, était régulièrement utilisée. Souvent il parlait par énigmes, employait des mots étrangers que je ne comprenais pas. Mais souvent aussi il se taisait longtemps et son silence m'apprit qu'il était beau de deviner les énigmes. Un jour mon père me révéla qu'il travaillait à son *Manuel de pharmacologie occidentale*. Il dit à « son », comme s'il existait déjà, comme si on savait quel genre de manuel ce serait. Cette formulation d'abord obscure me décontenança, mais je ne posai pas de question, car je ne voulais pas l'irriter. Il venait juste de se décider à me donner de petites leçons, comme il disait.

Son sujet favori était l'aloès. « La famille des liliacées », commença-t-il d'un ton égal, d'une voix grave, sûr de son affaire, « compte deux cent cinquante espèces, arbustes et arbres. Elle est originaire d'Afrique et d'Asie. Les espèces d'aloès ont été utilisées aux troisième et deuxième siècles avant J.-C., à Babylone et en Inde, comme médicaments et onguents à brûler ou bien comme drogues, en Égypte elles furent associées à la myrrhe comme moyen de conservation lors de l'embaumement. » Et il s'éclaircit la voix. La pause due à son raclement de gorge me montra combien il tenait à ce que ces leçons me soient profitables. Parfois il semblait très professoral, mais il n'avait jamais le sérieux aride d'un maître d'école. Son visage n'était jamais dur, peut-être l'éprouvais-je même comme fluide. Je regardais son visage comme un vaste paysage fluvial dans lequel tout ce qui faisait peur se perdait. Là, sous ses yeux protecteurs, il n'y avait qu'un grand bien-être. Je m'y immergeais et, heureuse et jeune, restais enveloppée de son amour.

Il ne m'était pas difficile d'apprendre de lui. Je le prenais très au sérieux, comme on prend au sérieux des saints en qui l'on a foi sans rien connaître d'eux. Comment n'aurais-je pas joui de ces leçons sorties de l'intérieur de moi-même, comment n'aurais-je pas écouté avec plaisir ses exposés ? J'avais confiance en lui.

Selon les paroles de mon père – qui ne laissait subsister aucun doute sur le fait qu'il fût Pedanios Dioskoridès –, dans la Grèce antique, on faisait venir l'aloès surtout d'Inde et d'Arabie. Chez les Grecs et les Romains on mâchait le bois de l'aloès pour l'haleine et on en faisait des onguents parfumés. « Tout cela allait assez bien », dit mon père gaiement en voyant, à la fin de la leçon, mon crayon courir avec une vélocité particulière sur le papier, « jusqu'à l'arrivée de Marc Aurèle qui taxa les importations de la plante. »

C'était un monde de sensations que mon père m'ouvrait et qui se transformait curieusement en ce premier désir de lointain qui m'avait poussée une fois à grimper dans notre amandier. Peut-être avais-je seulement attendu que mon père devînt ce lointain, cette cime de mon arbre qui commença à me dépasser quand je ne me cramponnai plus à lui.

L'après-midi, mon père se retirait dans son cabinet de travail. Il y restait jusque tard dans la soirée. Je rôdais autour de sa porte et me surpris bien des fois, au risque de perdre sa confiance, à essayer d'entrevoir un peu de sa silhouette flottante par le trou de la serrure, mais mon œil plongeait dans une clarté phosphorescente qui engloutissait tout, même ses pas.

Une fois je réussis à ouvrir discrètement la porte de son cabinet de travail. Je le vis disparaître dans une pièce voisine dont, jusqu'à ce jour, je n'avais pas connu l'existence. Je le suivis comme la nuit où je l'avais vu pour la première fois avec ses fleurs. La pièce derrière son bureau, tout en longueur, menait à la cave par un escalier étroit que mon père descendit, moi à sa suite.

À la cave il faisait très noir. Cela sentait le moisi. Quelque chose se mit en mouvement, avec des sifflements et des gargouillis. Il me fallut du temps pour me retrouver dans l'obscurité. La première chose que je vis, mais surtout entendis, fut un alambic ventru qui trépidait à intervalles réguliers comme une locomotive miniature. Plusieurs rangées de fleurs étaient posées en tas sur une étagère derrière l'appareil. Elles faisaient penser aux murs cyclopéens dont mon père m'avait parlé et qu'il m'avait décrits lors de nos leçons. Entre les fleurs, de petites pierres scintillaient, extraites sans doute de quelque couche de terre et intercalées par le constructeur du mur de plantes pour le consolider. On pouvait voir d'innombrables fioles brunes. Des chiffres mystérieux, d'une écriture qui ne rappelait pas seulement celle de mon père, non, c'était la sienne, papillotaient devant mes yeux. Les fioles ressemblaient à des corps d'abeilles. Des couronnes d'arbres, vertes et rondes, sortaient des murs de pierre et pénétraient dans la pièce et un dragonnier d'un mètre de haut balançait ses feuilles allongées qu'éclairait parfois la vapeur blanche du chaudron. Sur le mur du fond s'étalait un drap immense gardé par plusieurs têtes de lions. J'y vis luire des caractères gigantesques. Je lus à voix haute :

« Prêtres, guérisseurs et alchimistes ont, en des temps différents et en différents endroits du monde, découvert le secret permettant de dérober aux plantes leurs parfums et de les emprisonner comme un esprit dans une bouteille. À la recherche de la pierre philosophale, les alchimistes trouvèrent l'âme des plantes, nom qu'ils donnaient aux essences éthérées. » Et, tout de suite après, avec un astérisque : *éthéré veut dire céleste.*

Les petites boîtes et cartons sous le drap contenaient des roses, des fleurs de jasmin et de camomille. Mon père avait écrit dessus en minuscules : *camomille romaine et allemande.* Dans la boîte suivante il y avait des feuilles de mélisse, du thym et de la sauge, dans un carton un peu plus grand de l'angélique et du vétiver, soigneusement conservés côte à côte. Les graines d'anis, de cumin et de coriandre remplissaient plusieurs verres soufflés de forme allongée. Du bois de santal, de rose et de cèdre était stocké dans des coffres de taille moyenne. Dans la résine d'encens de myrrhe et de benjoin, des fils brillaient. Des écorces d'agrumes de toute sorte me regardaient, rayonnantes. Mon père avait rempli des carnets qui tous portaient une date. Sur l'un il avait inscrit un « I » romain. En regardant de plus près je compris que cela ne pouvait signifier que la première année après J.-C. En dessous il y avait une note apparemment récente sur l'huile de lavande qui « jusqu'à ce jour avait été isolée dans cent soixante substances ». Entre parenthèses : « Rose : 137. »

Nulle part on ne voyait l'aloès du désert. Je savais parfaitement à quoi il devait ressembler et peu à peu j'eus l'impression d'être soumise malgré moi à un examen. Je ne trouvai pas d'aloès. Peut-être était-ce pour cela que mon père pouvait raconter tant d'histoires sur cette plante et ses feuilles qui gardaient l'humidité. Parce qu'il n'y en avait pas dans sa cave.

Depuis que nous étions descendus à la cave, je n'avais plus vu mon père. Pourtant j'étais certaine qu'il m'avait lui-même montré le chemin de ses pièces secrètes. Finalement je n'avais fait que le suivre. Sinon comment serais-je tombée sur ce spectacle ? Je l'appelai, mais n'entendis que l'écho de ma voix qui se perdit en me revenant, comme si quelqu'un l'avait saisi au vol et porté dans un autre ciel. Ma voix n'existait plus, un peu comme ces corps aériens qui se montrent à nous dans les rêves avant de prendre une autre forme.

Je quittai la cave avec le sentiment que, derrière moi, tout ce que j'avais pu voir peu auparavant se dissolvait dans l'obscurité. L'alambic avait depuis longtemps cessé son bruit de locomotive miniature. Je traversai en courant le cabinet de travail et me hâtai de fermer la porte à clé. Étendue dans mon lit chaud, je rêvai que le *Manuel de pharmacologie occidentale* allait un jour paraître, traduit et paraphrasé en de nombreuses langues : latin, syrien, persan, arabe, hébreu et turc. Les royaumes naturels de mon père ont rempli cinq considérables volumes, curieux qu'il n'y en ait pas eu plus, curieux aussi que je me sois sentie si bien.

Le livre des rêves

Que personne ne dise que j'avais peur de la *Rêveuse*. Non, ce n'était pas de la peur, ce que j'éprouvais à la vue de ce livre noir, fatigué, que ma mère gardait comme un trésor tout au fond de son armoire à vêtements. C'était un temps où les images commençaient à flotter dans l'air. Elles s'en allaient et m'apparaissaient sous une forme nouvelle, revenaient souvent dans un contexte imprévu avec un nouveau nom.

La *Rêveuse* de ma mère était une clé pour les images, un livre d'interprétations classées par ordre alphabétique qui nous éclairaient toutes deux, mais surtout ma mère, ou nous proposaient des solutions possibles aux images de la vie nocturne. On pouvait y lire les explications les plus folles et, quand le rêve ne nous avait pas trop éprouvées, nous riions de ce pêle-mêle hétéroclite et nous demandions qui rêverait jamais tout cela et si quelqu'un avait déjà fait de tels rêves.

Dans ces heures du matin, je rassemblai mes premières expériences de légèreté et de silence, tout en participait, même nos visages riants. Plus tard j'ai essayé de revenir à ces jours par le tunnel de mes pensées, de m'introduire dans les images, dans ces coins du souvenir qui restent pleins de chaleur après des dizaines d'années d'absence. Le plus souvent, ce sentiment se révélait une vague nostalgie de ces bavardages insouciants du matin qui me rapprochaient de ma mère d'une façon que mes frères et sœurs n'ont jamais connue. Ou bien ils étaient encore trop petits pour pouvoir éprouver ce genre de chose ou bien ils ne s'intéressaient pas aux rêves, préférant jouer à chat perché et agacer le chien que Grand-père avait attaché comme un prisonnier à sa misérable niche. À l'époque où les images de la nuit me liaient à ma mère, je croyais que ma sœur et mon frère ne faisaient pas de rêves. C'est pourquoi ils me semblaient si fades avec leurs jeux sempiternels, dont ils n'avaient jamais assez.

C'est avec la *Rêveuse* que j'appris l'alphabet. Chaque lettre contenait d'innombrables rêves, le F par exemple montrait une fourmi, dessinée par l'auteur et accompagnée d'assez longues explications. Si l'on avait rêvé d'une fourmi, quelque chose de petit et de presque invisible allait venir vous grimper sur le corps. Cela signifiait un danger et le rêve vous invitait à faire attention. C'était désormais à vous d'être vigilant. La conséquence en fut que je me chargeai la conscience d'innombrables âmes de fourmis, les premiers et jusque-là uniques meurtres que j'aie commis. Je prenais très au sérieux le message de la *Rêveuse*, je l'entendais comme un véritable avertissement. Que faire dans ces conditions sinon m'armer d'une grosse pierre plate et foncer sur la fourmilière, pour en exterminer tout de suite les habitantes ou bien, et au bout d'un temps cela me parut plus tolérable, boucher les trous dans la terre de façon à ce que les fourmis ne puissent plus sortir.

Les fourmis que j'avais vues dans les herbes, et dans les coins du jardin où la terre était abondante, avaient dû, de là, passer tout droit dans les images nocturnes. J'étais sûre qu'elles étaient responsables des rêves prémonitoires qui sans cesse nous envoyaient des messages, à ma mère et moi. Aussi quel ne fut pas mon effroi quand un matin, de bonne heure, ma mère m'expliqua ce qu'était un diable. Elle me décrivit ses cornes avec un luxe de détails épouvantables, jusqu'à ce que, comme envoûtée, je ne puisse plus rien dire. Quand ses doigts feuilletaient la *Rêveuse* jusqu'à la lettre D et que j'apercevais cette créature, la plus laide et la plus repoussante que j'aie jamais vue ou pu imaginer ne fût-ce qu'approximativement, je me mis à pleurer et, bouleversée au plus profond de moi par la méchanceté de ma mère, je sortis de cette pièce qui m'était d'ordinaire sacrée.

Le long visage du diable, tout en rides et en plis, ne me laissait pas de repos. De toute façon je n'avais entendu de lui que du mal. On disait même qu'une nuit il avait emporté des femmes de notre village dans sa maison. Mais on se hâtait de faire remarquer que c'était bien leur faute, parce qu'elles s'étaient laissé ensorceler. Volonté et résistance étaient brisées de sorte qu'elles lui mettraient au monde avec dévouement les fils qu'il désirait. Depuis le temps des douze apôtres, il aurait souhaité des successeurs pour dresser une table aussi belle que celle que nous – qui croyons en Dieu – nous appelons la Cène.

Je ne pouvais pas concevoir qu'un être si méchant, si ridé, nous volât les plus belles filles. Comment y est-il parvenu ? me demandais-je avec désespoir, mais hélas, sans jamais trouver de réponse satisfaisante. Je ne comprenais pas, car où pouvait-il avoir sa demeure, où pouvait-il cacher ces beautés volées ? Naturellement je ne l'ai pas cherché comme je l'ai fait avec la fourmilière. Cependant je tenais pour possible qu'il y eût un endroit où les diables aussi se rencontraient, jusqu'au jour où j'appris qu'il n'y avait que celui-là et qu'il était aussi vieux que le monde. Aussi, par des gestes nerveux de la main, me donnait-on à entendre qu'il était difficile de le saisir. Mais celui qui s'acoquinait avec le diable en était pour ses frais et n'était plus épargné par le prince des ténèbres.

Parfois j'entendais dire aussi que le diable n'était qu'une image, rien de plus. Mais je n'en étais que plus inquiète, sachant quel effroi m'avait causé l'illustration sous la lettre D dans la *Rêveuse* de ma mère. D'autres disaient que le diable n'existait pas, qu'il était seulement dans un méchant homme.

Pendant des mois je dormis mal. L'idée que, par inadvertance, on pouvait permettre au diable d'entrer en soi, était terrifiante. Cette pensée ne me quittait pas et peu à peu je commençai à considérer mes semblables d'un œil suspicieux et à graver dans ma mémoire les traits de leurs visages. En cachette je me glissais dans la chambre de ma mère, allais à son armoire, en sortais la *Rêveuse*, m'asseyais sur le vieux divan qui rappelait l'époque turque et feuilletais jusqu'à la lettre D. Mon but était de m'imprégner le plus possible de ce qui émanait de ce personnage dont on disait tant de mal, pour m'en souvenir et ne pas me laisser abuser par quelqu'un qui pouvait avoir l'apparence d'une belle personne, mais en réalité portait les traits du diable.

Je ne mis personne dans le secret de mes pensées, même pas ma mère qui savait très bien qu'il se passait en moi quelque chose dont cette fois je la tenais à l'écart et dont je refusais de parler. Au fond je voulais trouver une solution à l'affaire des fourmis, mais j'étais tout le temps confrontée aux problèmes les plus divers. En particulier l'idée de devoir assommer un de mes semblables avec une pierre me rendait fort nerveuse, et du coup je renonçai à mes plans.

Il ne m'était pas facile d'accepter un monde où tout se jouait à l'intérieur de l'homme et qui m'était insaisissable. Ces rêves dont ma mère et moi parlions si longuement appartenaient aussi à ce monde invisible, et cela me préoccupait au plus haut point. Mais où était donc la différence, pourquoi le diable m'échappait-il, où courait-il, pourquoi revenait-il pour m'effrayer et se rire de moi ?

Je ne sais si ma mère a jamais eu le moindre soupçon de ce qui m'occupait, ni si elle s'est aperçue que je lui attribuais toute la responsabilité de ma propre misère. En fin de compte c'était elle qui m'avait pour la première fois fourni une image pour un mot redouté. Elle n'avait pas couru après moi le jour où, fondant en larmes, j'avais quitté notre pièce inondée par le soleil matinal, désormais incapable de m'ouvrir ingénument aux images nocturnes et d'attendre la solution de l'énigme quand ma mère prenait la *Rêveuse* et cherchait les lettres qui ce jour-là nous importaient.

Le livre noir devint pour moi un objet inquiétant. Je n'allais plus à l'armoire de ma mère pour le consulter en cachette, mais je ne pouvais pas non plus l'oublier. Sur les couvertures usées il y avait un gros œil dans un triangle. À l'époque je disais que l'œil y habitait. La nuit, seule dans mon lit, alors que je m'enfonçais dans le sommeil, je voyais nettement la bordure blanche du triangle. Le blanc rayonnait. Autour de l'œil – c'était le plus gros œil que j'aie jamais vu – poussaient des fleurs sauvages. Elles étaient d'une beauté venue d'ailleurs et je n'avais de nom pour aucune. Mais elles semblaient me connaître depuis longtemps et savoir comment je m'appelais. Elles me hélaient avec des voix humaines. Jamais, dans cet état de demi-somnolence, je n'aurais eu l'idée de mettre en doute leurs bonnes intentions. Leurs belles fleurs longues, à ce qu'il me semblait, s'ouvraient pour moi seule. Du fond des corolles s'exhalait une séduisante odeur de cannelle et de vanille, et, après un battement de paupières, un espace indescriptible s'ouvrait dans l'évasure des doux pétales. Très lentement je prenais le chemin qui entrait dans la fleur. Tout m'était familier. Mais ensuite le diable se plantait au milieu de ce monde paisible et ne bougeait plus. Il restait là, indifférent à ma colère. Cependant, par la suite, les choses prirent un tour inattendu.

Une nuit – j'étais rentrée très tard et complètement épuisée d'une de mes premières sorties scolaires, j'avais vite mangé quelque chose et m'étais couchée –, ces fleurs inconnues s'ouvrirent de nouveau. Au fond il ne s'était rien passé de particulier. J'avais seulement oublié de penser au diable. Je crois que je m'endormis très vite et rêvai de nuages veinés, et dans mon rêve il n'y avait pas de peur. J'entendais le bourdonnement de mes cellules. De grands bâtiments de plusieurs étages surgissaient, construits de pure lumière. Ils s'élevaient majestueusement dans le ciel et en même temps brillaient sur la terre. Je me dissolvais, me fondais avec les étages, me sauvais sur un arbre, nageais, délivrée de l'ombre, vers l'autre côté de la terre. Comme tout était beau et rayonnant : je voyais tout, poumons, mollets, cœurs, chevilles, glandes, centres de la terre ; des voix devenaient des images et même les conduits auditifs, je pouvais les voir, j'entendais des gosiers d'où sortaient des chants. Quels lieux d'ancrage et quel bonheur solennel !

Combien de temps ai-je mis à comprendre, je ne le sais plus : depuis cette nuit le diable s'était ratatiné, il était devenu ce qu'il était dès le commencement, encore moins qu'invisible, une grande chute, un simple guerrier. Il ne m'effrayait plus, il était une partie de moi, et cette partie, dis-je à ma mère, les fleurs affamées l'avaient mangée pendant la nuit. À elles, cela ne faisait pas de mal. Certes leur appétit était grand, mais elles-mêmes étaient encore plus grandes. Plus grandes étaient leurs images.

Errances

Un été durant je rêvai tous les après-midi. Contrairement à l'idée répandue selon laquelle il est impossible de rêver pendant la journée, les rêves sont presque impossibles, c'était précisément le jour que je rêvais. Les images ne s'envolaient pas de ma tête, elles restaient dans mes yeux. Pendant des semaines j'eus le sentiment de faire partie d'un musée hétéroclite, avec des gens en chair et en os et des choses ordinaires qui bientôt se perdraient dans le néant.

Les gens du musée s'installaient dans mon appartement et demandaient attention, aide, soins lors des attaques de grippe, une nourriture équilibrée, des livres – tout ce dont les humains ont besoin pour être quelque peu heureux.

Une femme dans le groupe m'attirait particulièrement. Alors que je nouais aisément conversation avec tous les autres, elle restait inaccessible. Quand je m'approchais d'elle, elle semblait se dissoudre dans l'air. Je commençais à m'angoisser ; comme si je sortais de ma journée ; comme si je faisais désormais partie des gens du musée.

Chaque fois que, dans mes après-midi solitaires, de nouveaux occupants essayaient de s'installer dans mon rêve, je sentais que la femme était parmi eux. Elle changeait constamment d'aspect. Sa façon réservée de se mouvoir dans le cabinet des sans-sommeil m'avait vite mise de son côté. Je la reconnaissais à sa position en retrait. La plupart du temps elle se tenait à l'écart, comme moi-même en de telles situations. Si elle était assez longtemps avec les autres, je savais toujours quand elle allait se détacher du groupe. Elle avait parcouru un long chemin, elle arrivait de loin, du grand Nord. Elle venait à moi, sortant d'une vibration lumineuse et, laissant derrière elle des champs de nuages, débarquait d'un pied léger dans ma chambre. Dans la vie ensoleillée de ses yeux je voyais passer des villages de montagne et des villes entières. Elle me regardait sans rien dire. Son silence se posait sur moi comme une chaude main maternelle. L'amour de son regard affluait dans mes petites pièces. En toute chose le repos s'installait.

Son visage ridé était d'une blancheur de lait et me faisait penser aux fleurs juste écloses du prunus, premier salut du printemps. Toi et moi, dit-elle, nous sommes « nées des fleurs ». Je ne savais pas très bien ce que c'était, mais j'étais contente de l'entendre enfin parler. Je me taisais pour ne pas la dissuader de continuer. Alors seulement je remarquai un anneau resplendissant qui entourait, oui, protégeait sa petite silhouette. Je ne pouvais déjà plus penser à rien d'autre qu'aux belles fleurs blanches des prunus. J'avais peur que cela pût chasser la femme et essayais de seulement la regarder, mais je n'y réussissais pas. Lui dire quelque chose, lui poser une question, je n'y arrivais pas. Elle partit et longtemps je ne la vis plus qu'en compagnie des gens du musée rassemblés.

Quand la femme me regardait, j'avais l'impression que ma voix s'éteignait. Quand j'essayais de lui parler, un croassement sortait de ma gorge et je me taisais. Comme le premier jour de la vie, pensai-je. Eau maternelle, grandes mains, chansons lointaines, paroles, toujours des paroles derrière le premier silence, après la première respiration. Des feux s'allumaient dans la mémoire. Mes pieds se mouvaient. J'allai vers la femme, vis les gens du musée passer la porte l'un après l'autre et restai seule avec elle dans la pièce. Elle s'adressa à moi comme à une « née des fleurs ». Sa main me toucha légèrement. Chaque parole devenait une image. Je voyais le monde que je me serais créé par mes pensées si je n'avais pas rencontré la femme. Qui était-elle pour déclencher en moi cette avalanche d'images ? Qui étais-je, moi qui maintenant étais bloquée dans cette masse d'images ? Je voulais m'enfuir. Chaque pas que je faisais était un pas en arrière. Il ne fallait pas songer à s'échapper. Après chaque tentative pour me dérober à cette grande main pleine d'images je me prenais en pitié. Je voyais les parties de mon corps, chacune pour soi. Elles s'envolaient et erraient çà et là. Je voulais les rappeler, les arrêter, mais je n'y réussissais pas. J'abandonnais. Les images se déroulaient comme un tapis qui connaît sa direction. J'errais. Des tempêtes s'élevaient et le vent ne respectait rien. Derrière lui tout était transformé. Je tombais, la peau écorchée attirait des insectes. Je commençais à m'imaginer que je possédais plusieurs corps qui tous me faisaient mal en même temps. La femme était partie depuis longtemps. Tout s'abîmait dans l'indicible. J'appelais de mes vœux mes parties du corps envolées. Rien ne pouvait gagner mon cœur et je m'aperçus qu'il n'était plus là, qu'il devait avoir fui avec les autres organes. Peut-être tournoyait-il, désorienté, dans la pièce vide. J'étais dans une somnolence insensée. Tous les gens que j'avais connus et aimés avaient disparu, comme effacés du dedans de moi, même mes morts n'étaient plus là. Je ne voyais que fourrés et lambeaux d'arbres fantomatiques. Enfin j'arrivai à faire tomber sur moi un rayon de soleil. Alors seulement je pus voir quel désert s'étendait autour de moi.

Je commençai à crier. Quelque chose dit qu'il ne fallait pas être si pleurnicharde. D'abord je pensai que c'était une des nombreuses voix intérieures, mais je m'aperçus ensuite qu'il devait s'agir d'un être vivant. Manifestement il avait toujours habité en moi et s'était décidé à se montrer. Je me mis à observer ce quelque chose qui râlait et essayait de rester éveillé. Mais le sommeil en eut raison. J'entrai dans la maison, pris des ciseaux et lui coupai les cheveux. Je suis moi, disait désormais une voix en moi, et mes diverses formes ne me font pas peur.

Ainsi passa cet été lourd de rêve où je m'étais trouvée prise dans d'anciennes images.

Jeux du vent

Pour G. v. W.

Il y a des jours où la lumière se blottit au fond du paysage. Sur la petite île de Loševo de tels jours n'étaient pas rares, le soleil inondait la terre de traces liquides que les gens suivaient et qui les entouraient. Ces jours prodigues de beauté leur apportaient un bonheur qu'ils n'oubliaient pas et qui continuait à vivre en eux. Ils croyaient ensuite avoir posé eux-mêmes les traces de clarté. Ils riaient, sous leurs yeux on voyait des ronds miroitants dont ils se réjouissaient. Rien de cela ne devait changer. Et quand cependant c'était le cas, c'était d'abord à la lumière qu'on le voyait. Les pentes vertes, sur lesquelles les arbres s'élevaient dans le vaste ciel et poussaient leurs racines dans le sol pierreux, devenaient alors d'un gris menaçant. Rien n'y faisait, comme chaque année il leur fallait s'occuper du soleil.

Comme toujours, quand il fallait appeler le soleil, on choisissait un des plus beaux jeunes hommes. Cette année-là le choix tomba sur Roš. Quand sa silhouette eut disparu derrière le dernier olivier, on fut sûr qu'il allait se charger de la mission, suivre la côte et parcourir, comme il était prescrit, le chemin sacré qui s'enfonçait dans la montagne. Dans les maisons on couvrit les choses de draps clairs et l'on commença à prier. Les enfants cessèrent de jouer.

Au même moment, sur le sommet, Roš étendait les bras. Dans le silence de la montagne il demanda un signe du soleil. Comme rien ne se produisit, il dut exécuter le rituel auquel il avait été initié peu avant son voyage. Sous l'œil gauche il se découpa un rond dans la chair et laissa le sang goutter sur la terre nue. Les yeux bandés, comme le voulait la coutume, il redescendit lentement vers la mer. Quels que fussent ses efforts, il n'arrivait pas à trouver en lui cette chaleur familière qu'il avait si souvent éprouvée en suivant les traces du soleil, quand, absent à lui-même, il pouvait se confier à la terre. Au lieu du disque qu'il souhaitait, il n'avait devant son œil intérieur que les visages des villageois. Quoi qu'il fît pour s'en débarrasser, il n'y réussissait pas. À travers un épais voile de brouillard il voyait les bouches empressées à lui prodiguer des conseils. Chacune en avait un qui lui paraissait particulièrement judicieux. Le garçon se sentait harcelé. L'une disait par exemple qu'il devait se laisser rouler du haut de la montagne en s'imaginant qu'il devenait rond comme le soleil. Ces conseils paraissaient au jeune homme aussi bien intentionnés qu'inutiles. Tout cela était pour lui inimaginable. Une seule chose lui paraissait claire, non parce qu'elle avait l'air réaliste, mais parce qu'elle rencontrait en lui une image qu'il avait oubliée et dont maintenant il se souvenait. Un de ses prédécesseurs avait dû, sur son chemin dans la montagne, apprendre à voler pour aller chercher le soleil derrière le ciel, dans le noir redouté dont il n'y avait plus moyen de le faire sortir. Mais Roš n'aurait pas su comment faire. Voler, il ne pouvait même pas y penser. De plus l'île de Loševo était petite et tout autour on ne voyait que de l'eau. Qu'arriverait-il s'il ne pouvait plus voler ? Personne ne saurait qu'il s'était noyé dans la mer.

La blessure sous son œil saignait et lui causait des élancements de plus en plus violents. Les pieds lui faisaient mal et il perdit une chaussure quand, ayant imprudemment fait halte sur des rochers en surplomb, il faillit dégringoler parce qu'il était occupé de tout sauf de marcher. Depuis des jours il errait dans la montagne. Les voix dans sa tête devenaient plus fortes. Ne sachant que faire, il s'arrêta et essaya de reconnaître une de ces voix comme la sienne, mais, malgré ses efforts, il n'y réussit pas. Il se mit à pleurer et à se marteler la tête de ses poings. Et les voix étaient toujours là. Tout ce qu'il avait gagné, c'était une douleur encore plus cuisante sous son œil, derrière lequel, constata-t-il exaspéré, il n'y avait manifestement pas de soleil. Qu'avait-il fait de travers ? se demanda-t-il. Pouvait-il avoir si mal compris tout ce qu'on lui avait dit ? Mort de fatigue, il s'endormit. Quand il s'éveilla, il ne sentit plus la terre sous ses pieds. Il planait, un vent chaud jouait autour de son corps affamé depuis des jours et finalement l'emporta. Il ne se défendit pas, se laissa faire, resta dans les airs. C'était la plus belle sensation qu'il eût connue depuis son expédition dans la montagne. Il ne pensait plus à sa mission. Les yeux encore bandés, il ne voyait rien. Il n'entendait plus de voix, sinon sa voix intérieure. Au bout d'un certain temps, comme il était sans doute arrivé au but, le vent le déposa sur un sol meuble qui cédait légèrement sous ses pieds. Roš descendit la montagne. Il chanta une chanson au soleil. Elle avait soudain surgi en lui, comparable à ce vent qui l'avait emporté et conduit au milieu d'un paysage qui le recevait.

Quand il arriva chez les gens, ceux-ci chantaient déjà les paroles de sa chanson. Un écho puissant leur avait permis de l'entendre presque en même temps. Ils battirent des mains et baisèrent le petit rond sous son œil.

D'abord faible, puis plus intense, la lumière commença à émaner de sa joue. Il en sortit un long rayon et le ciel l'imita. Une lueur se fit dans le drap noir de la nuit. Timides, les premiers scintillements se posèrent sur les prairies. Les arbres étaient verts comme toujours, on voyait maintenant le bleu de la mer, le blanc des dents, le brun et le vert des yeux, les papillons jaunes voletaient en groupes craintifs à côté des grandes tables dans les jardins où les gens d'humeur joyeuse s'étaient de nouveau assis.

Le jeune homme qui leur avait rapporté tout cela était couché dans un pré et regardait la terre. Il avait l'impression de voir à travers et d'apercevoir un rouge qui sans cesse formait devant lui des sortes de vagues écumeuses. L'oreille collée à l'herbe, il entendit les futures fleurs discuter de leurs couleurs et de leur floraison, il vit des feuilles aux formes inconnues. Beaucoup de choses lui furent montrées ce jour-là, beaucoup furent tues. Les racines des arbres, il ne les vit pas. Il ne demandait pas mieux, de toute façon la fin des choses ne lui causait aucun plaisir.

Les chaussures

Mon amie de classe me téléphona, nous nous rencontrâmes à un arrêt de tram éloigné, quelque part à la périphérie de la ville où le hasard avait voulu que nous soyons toutes deux étrangères. Sous le bras elle portait des livres que je lui avais prêtés des années auparavant et qu'elle avait dû aller chercher à la cave. Elle était belle comme à l'époque où nous courions à travers les champs jaune-vert et disparaissions dans l'agréable chaleur du paysage comme des vers luisants qui ne s'allumeraient que le soir, une fois venue l'obscurité.

De nous deux, c'est elle qui avait les plus jolies jupes, sa mère les lui envoyait de l'étranger ou les confiait à des gens qui habitaient dans le voisinage et chez qui on allait ensuite les chercher. En général c'étaient des tissus bigarrés et la coupe correspondait toujours à la dernière mode, c'était donc ce que toutes les filles convoitaient.

Mes jupes à moi, simples et pratiques, ne pouvaient rivaliser avec les siennes. Ses chaussures suscitaient émoi et excitation. Des après-midi entiers on ne parlait de rien d'autre. Moi-même j'étais de l'avis des femmes étonnées qui prétendaient voir dans ces chaussures un « lustre mondain ». Cependant je me tenais à l'arrière-plan, pensais à la mère invisible qui comme la mienne travaillait quelque part à l'étranger.

Un des premiers jours où les chaussures de mon amie firent sensation, quelque chose se passa à quoi personne ne s'était attendu, même ceux qui devaient par la suite se retourner contre moi. La nouvelle paire fut volée pendant la classe et les autres élèves m'accusèrent du larcin, d'abord sous cape, puis de plus en plus ouvertement. Cette rumeur, nourrie de toutes les suppositions imaginables, dura très longtemps. Le motif le plus souvent invoqué était que, dès le début, j'avais été jalouse de ces belles chaussures. Plus tard cela parut, surtout aux mères, ce qu'il y avait de plus plausible, car elles se figuraient qu'un enfant qui vivait sans parents chez son grand-père devait être pauvre et animé de sentiments bas. S'y ajoutait le fait qu'elles m'avaient observée, au milieu de l'émoi général, regardant les choses de loin, sans dire un mot de compassion. À la fin de cette matinée où les chaussures semblaient s'être volatilisées, je rentrai en pleurant à la maison et racontai à Grand-père ce qui était arrivé. Il balaya l'incident d'un geste de la main, dit que c'étaient des jeux méditerranéens, que cela passerait.

Mais cela ne passa pas. Dès le lendemain un autre bruit courait dans le village : j'aurais enterré les chaussures dans le jardin. Comment avait-on eu cette idée ? Personne ne savait que je cachais dans la terre les choses auxquelles je tenais, c'était mon secret. Je ne compris que plus tard : l'une des femmes qui tous les jours étaient assises à bavarder sur le mur d'enceinte de l'église s'était souvenue d'une de mes assertions délirantes. J'avais proclamé bien haut que je croyais à la fertilité de la terre et que j'étais à ses pieds comme Marie aux pieds du Crucifié. Les femmes avaient alors levé les yeux au ciel et joint les mains pour me faire taire, parce qu'elles pensaient que je ne savais pas ce que je disais. Désormais elles m'interrogeaient. Je devais leur dire ce qu'était la croix du Christ et, comme je répondis que c'était sans doute un morceau d'arbre qui s'était laissé casser et qui était désormais une croix dont tout le monde avait peur, elles virent en moi un de ces malheureux que le Tout-Puissant condamne au feu éternel et elles veillèrent à ce que leurs enfants ne me rencontrent pas.

Je ne sais plus si j'ai jamais dit un mot lors de toutes ces conversations qui en fait n'en étaient pas, mais ressemblaient plutôt à des cascades de paroles jaillies de bouches effrayées. Je ne comprenais pas ce qui avait mis ces gens dans tous leurs états, mais tout de même je me sentais un peu mal à l'aise, car il était exact que j'avais enseveli ceci ou cela dans la terre du jardin. Des livres, des boîtes de biscuits vides, des crins de cheval, de longues gousses sèches de caroubier, mon ruban de cheveux déchiré, des crayons et le stylo de mon père, une vieille lampe décorée, l'aile arrachée d'un papillon et bien d'autres choses. J'espérais qu'elles aussi pousseraient et suivraient l'exemple du maïs, des pommes de terre et des tomates. J'aurais été pourvue et la terre serait devenue pour moi une seconde mère capable de me dispenser ce que mon amie recevait une fois par mois de l'étranger. Mais les chaussures ? Je ne les avais pas enterrées. C'étaient plutôt les paroles autour des chaussures que j'avais prises en moi, sur un morceau de terre intérieur, elles tombèrent sur un bon terrain et prospérèrent. Leur retentissement s'élevait au-dessus du village. Je m'imaginais qu'un jour viendrait où seuls les mots existeraient encore, bien loin des chaussures réelles de ma belle camarade, du cuir brillant, de la semelle, des courroies lisses et des nœuds, échappés du pied de leur propriétaire et partis dans un vaste monde plein de vibrations. Un jour, pensais-je, si de nouveau, après un long temps, on entendait ces paroles, elles seraient devenues une pierre milliaire de la mémoire, une borne du temps, un fragment de la vie ancienne, solitaire peut-être, évanouie, mais un nom qui aurait abordé aux rives du présent et trouvé place dans mon souvenir. Si cela m'avait été possible, j'aurais aussi enterré ce nom, j'aurais attendu et patiemment surveillé sa croissance.

Mon amie ne me parlait plus, car elle aussi me tenait pour la voleuse. Au début je lui assurai que ce n'était pas moi. Mais elle ne me crut pas et me tourna le dos au milieu de mon discours embarrassé. Rien n'y faisait, du jour au lendemain j'étais devenue la fille qui volait les chaussures. J'avais le regard de quelqu'un qui savait, on l'aurait remarqué dès le début. Les femmes battaient des mains. Plus tard seulement je reconnus que ces applaudissements étaient les mêmes que ceux qui accueillaient une sentence longtemps attendue venant confirmer les pires soupçons.

Je traversais comme une ombre ces menaçantes escouades de voix qui accusaient de plus en plus haut, courais à l'école aussi vite que je le pouvais pour éviter qu'on m'interpellât, et m'efforçais de rentrer à la maison tout aussi vite. Quelques jours plus tard, mes chaussures disparurent elles aussi. Chipées ou cachées, je ne sais pas. En tout cas je ne les trouvai pas et repris le chemin de la maison pieds nus. C'était aussi le sens de toute l'affaire, ma punition. J'enfouis mes mains chercheuses dans la terre rouge sombre du jardin, encore humide de pluie. Mes chaussures n'y étaient pas. Je continue à chercher, aujourd'hui encore, de toutes les villes étrangères je reviens chez moi avec une paire neuve. Des jardins, il y a longtemps qu'on n'en trouve plus partout, c'est là l'ennui, cela complique la recherche.

Mon amie ne se souvenait plus bien de ce qui s'était passé. Elle disait que, oui, il y avait eu un incident, sa mère lui envoyait toujours tant de choses. Très vite nous nous dîmes au revoir, on se reverrait, on s'enverrait des cartes postales. Nous nous souhaitâmes encore la santé, c'est chez nous une vieille coutume et, où qu'on soit, cela ne peut faire de mal à personne. J'allai prendre mon tram, enveloppée de silence, et je fus de nouveau seule avec ce que je savais.

Le pays derrière le miroir

Les années des yeux confiants et des perpétuels mois d'août ont pris dans mon souvenir la forme d'une grande bulle de savon. Elle est toujours portée dans les airs. Comme perdue sur une mer déchaînée, elle attend son salut, son abordage sur la terre ferme d'où elle rejoindrait les images qui, strate par strate, se déposent dans les circonvolutions de notre mémoire. Le vieux miroir était pour moi une de ces images.

Quand y repensai-je, quand ai-je compris que, dans cette surface familière, mouchetée de brun, je scrutais mon visage pour y découvrir les inégalités ? À hauteur de la bouche il y avait un endroit tout particulièrement marqué de petites fissures, presque d'encoches. Quand j'avais assez longtemps remué la tête de droite à gauche, j'arrivais à un résultat aussi admirable que mystérieux. Ma bouche s'élargissait. Le nez aussi se conformait à la forme allongée dans le miroir et semblait soudain fin et mince. Chaque fois que l'occasion s'en présentait, j'allais au miroir et me cherchais dans les rides et les cicatrices qui s'étaient déposées au fil du temps sur l'argent lisse et impénétrable. Qu'y avait-il derrière ?

Parfois, avec mes doigts, je tirais mes yeux jusqu'aux pommettes, ou jusqu'aux tempes. L'image étrangère m'effrayait et me séduisait, elle était une promesse. Le miroir m'ouvrait ses portes, surtout quand je parlais avec lui. Dans son ventre je me voyais, moi et les autres, comme je ne pouvais jamais voir d'habitude. Mon regard plongeait dans des abîmes où j'étais tombée dès le début. J'attendais derrière les portes cachées. Elles restaient grandes ouvertes et encore aujourd'hui, les jours de force, je les franchis comme si je traversais un massif de violettes avant le dimanche des Rameaux et cueillais les fleurs bleues, en faisais provision pour toute l'année me baigner le visage dans la vieille cuvette, posée tout à côté du miroir, qui, chaque matin, était remplie d'eau chaude, alors que le pain était déjà dans le four et que les oiseaux entonnaient leurs premiers chants.

Ce que j'ai trouvé à cette époque dans le pays derrière le miroir s'est réfugié dans cette bulle de savon irisée qui recèle toujours en elle une lueur, comme si elle était la mère de la lumière, la reine de la clarté. Un jour le miroir bascula en avant et se cassa sur les carreaux blancs. Aux endroits étoilés ressurgirent les contours de mon visage effrayé. Ce visage vit encore aujourd'hui dans les fêlures. Il en suit les lignes comme une forêt éternellement verte dans des golfes et des embouchures de fleuves tropicaux. Cette côte de mangrove me recueille, mes yeux, mon nez, ma bouche. Les racines des palétuviers et la vase qui s'y accroche ne me barrent pas le chemin. Je me fraie un passage dans la végétation tropicale et cherche les images derrière les fêlures. Je suis là, patiente, et regarde au-delà de la surface lisse de tous les miroirs, je pénètre jusqu'aux fêlures. Puis je m'engouffre dans la fente, dans la membrane de la nouvelle brèche.

Ce qui s'ouvre devant moi ressemble à un jour doré de mon enfance imprégnée de soleil. Les hommes vivent comme ils l'ont toujours fait, le blé, le froment, je vois l'épi lisse ou hérissé de barbes, jaune foncé, jaune de vie, il se montre à mon œil vieillissant où les herbes douces de la nostalgie se disent bonjour ou bonne nuit. Comme des marais salants, les jours s'alignent et je pense à ma mère, elle surgit avec de grandes joues nobles qui sont rouges et pleines d'amour. Elle a peur pour moi, m'appelle : Sors, les pays de ton miroir sont lointains. Elle pleure et se mouche. Je ne réponds pas et persiste dans un silence qui n'est pas le sien. Silence troué, vieux, affreux, dit-elle, pourquoi ne me pardonne-t-elle pas.

Au cours de mes voyages je vois beaucoup de femmes et sur toutes les joues rayonne le rouge de ma mère. Même dans le plus grand silence je pense soudain à elle. Sa crainte, je ne la partage pas, je me plante dans une terre d'un vert foncé où je pousse et vis comme si j'étais un arbre. Je n'ai pas peur de mettre des enfants au monde. Elle, ma femme chevelure, a sa propre terre, son propre appel, fil à coudre dans les paroles du vent. Elle obéit à cet appel comme un oiseau ensorcelé obéit aux hurlements d'un loup lunatique. Je lui écris des lettres et lui parle de mers, de montagnes et de vallées, de villes, de cheminées et de toits. Je lui décris les plantes les plus rares et leur invente des noms. Je dessine le calice, l'aile, le pistil, la carène, et fais voler les étamines de chaque lupin. Des feuilles digitées et des fleurs en épis sont les saluts que j'envoie à ma mère des lieux et des soleils derrière la déchirure, de l'autre côté, derrière le brillant muet du miroir familier.

Ma mère ne répond jamais à mes lettres. Mais je tends l'oreille dans le vert mouillé de mes rêves, dans le vert des champs et, tout au fond, dans la dernière couche de terre, je vois les traces laissées il y a des années par ses vieux pieds. Elles courent sur ce sable de vie, s'arrêtent, attendent un pisteur au pied léger, un parent qui s'occupe d'elles et lise en elles comme dans un ancien livre fatigué.

Ainsi je suis cet étonnement qui se retrouvait dans la vie de la peau blessée et y voyait tout ce qui dans l'enfance s'était perdu à cause du miroir. Ce miroir qui, avec ses débris, emporta tout pour en faire don à la bulle de savon dont l'éclat avait une séduction si prompte et si indolore. Un temps avait commencé qui n'était plus du temps, mais un murmure et un glissement à travers images, voyages et demeures, dans des bâtiments soutenus par les colonnes de cet avenir qui n'était plus un avenir. Une nostalgie, quelque chose qui ne passe jamais, qui vit dans des maisons d'un genre inconnu.

Lore, la poétesse

Tu regardes le ciel, par-dessus les arbres. Et voilà que la réalité te fait l'effet d'un tableau. Tu regardes un tableau, au-delà des coups de pinceau. Et voilà que le tableau te fait l'effet de la réalité.

Chaque fois que Lore veut parler de son visage, *Gesicht*, la langue lui fourche. Elle dit mon poème, *mein Gedicht*, et lève les yeux au ciel. De nouveau elle a confondu. Lore écrit des poèmes. En un hiver elle en a écrit plus de deux cents. Sur des pierres, sur des portières de voiture, au lit, à quatre heures du matin, dans la baignoire, les doigts mouillés. Toujours elle regarde le ciel et elle écrit sur le ciel. Tout ce qui a trait au ciel a sur Lore un effet magique.

Le ciel est magie, dit-elle, et elle le contemple sans fin. Puis elle invente des noms pour son bleu et pour le blanc de ses nuages. Elle écrit des poèmes où il est question de vol et de voyages. C'est aussi une sorte de ciel, dit-elle. Ainsi repousse-t-elle toujours plus loin les frontières de son ciel et les poèmes qu'elle écrit parlent d'oiseaux, de poignards et d'yeux. C'est beau de voir avec ses propres yeux.

Lore est toujours seule. Elle se figure le ciel, dit-elle, et ferme ses portes à clé. Mais à quoi lui sert le ciel s'il n'y a personne avec qui le regarder. Et personne qui lise ses poèmes.

Un jour Lore ouvre portes et fenêtres, jette un coup d'œil au-dehors, dit : Mon visage est un corpus separatum et regarde la terre. Elle commence à écrire des poèmes sur la marche et le devenir. Elle tâte de ses doigts le rouge des champs et court à travers la campagne comme un animal nouveau-né. C'est amusant de regarder vivre Lore.

Un jour Lore lève de nouveau les yeux vers le ciel. C'est beau à voir, le bleu, l'immensité et la lumière la réjouissent. Puis Lore regarde alternativement le ciel et la terre. Chez elle, elle écrit un poème où il est question de marcher et de voir, du ciel et de la terre.

Puis Lore finit par ne plus faire de différence entre en haut et en bas. Elle est devenue une habitante de la boule. Mais elle continue à confondre *Gedicht* et *Gesicht*, et lève les yeux au ciel quand elle dit l'un pour l'autre.

La pêcheuse et les morts

Les morts reviennent dans tes rêves. Ils viennent chercher le souvenir de ton œil. Ils fument des cigarettes et agitent des chapeaux comme s'ils venaient de traverser la place du marché. Ils t'apparaissent avec la taille et la stature qu'ils avaient et te demandent de l'argent. Si tu ne leur donnes rien, tu mourras d'une mort affreuse. Or ils veulent justement te préserver d'une telle mort. Ce n'est pas à cause d'eux que tu mourras ainsi, mais à cause de toi. Et tu ne mourras pas tout de suite, cela non. Mais quand le moment sera venu, tu te souviendras des morts. Les morts n'en demandent pas plus, ils veulent seulement qu'on pense à eux. Ils te révèlent le secret de la vie si tu ne les oublies pas.

La pêcheuse va tous les jours au cimetière. Elle se lave les mains et les essuie à son tablier vert à fleurs. Elle natte ses cheveux et enroule la tresse autour de sa tête.

Elle va chercher les grosses bougies rouges sur la crédence et se rend au cimetière. Elle prie et prie. Jusqu'à la fin de la matinée. Les gens de notre rue disent que la pêcheuse est une femme peureuse. Ils parlent d'elle à voix basse. Ils trouvent toujours quelque chose à critiquer.

Un jour le garçon du boulanger lui a fait un croc-en-jambe sur la place du marché. Les paysans des stands voisins ont ri. Le garçon a décampé parce qu'il avait peur que la femme le reconnaisse. Les poissons ont volé dans tous les sens. La pêcheuse gisait entre les têtes allongées des poissons dont les yeux avaient l'air encore vivants. Mais ils ne l'étaient pas. Avec les yeux morts des poissons, c'est comme avec les morts eux-mêmes : ils ne vivent que quand on croit qu'ils vivent.

La pêcheuse n'a pas peur des morts. Elle n'est pas non plus particulièrement peureuse. Son mari est mort mais, au temps où il vivait encore, on parlait déjà d'elle comme de la pêcheuse parce qu'elle l'a toujours été. Elle sort en mer la nuit, jette ses filets sur l'eau lisse comme du miel et ne se soucie pas de ce qu'on raconte dans notre rue. Le ciel est bleu foncé et les étoiles imitent des visages tandis que les grands bidons se remplissent de lamproies, de carpes, de sandres et d'anguilles. La barque s'enfonce dans le ventre de la mer. Parfois, aux premières heures du matin, la petite lampe à huile est éteinte par le vent. La pêcheuse a oublié de la souffler parce qu'elle était trop fatiguée. Souvent on ne voit pas sa barque, tant elle a pris de poissons pendant la nuit. L'après-midi elle les vend. Le matin le plus jeune de ses nombreux neveux fait le travail à sa place.

Les morts viennent souvent chez la pêcheuse. Bien qu'elle les paie. C'est comme s'ils s'étaient entichés d'elle. Les gens de la rue ont peur d'elle, mais ils ont encore plus peur des morts. Ils vont à l'église et donnent de l'argent au curé, lui demandent de payer les morts et de dire une messe pour eux. Ils n'en sont pas plus tranquilles pour autant. Ils savent que les morts viennent d'une façon ou d'une autre. Comme des laquais, ils se tiennent le dimanche aux clôtures de leurs jardins et attendent que vienne l'après-midi et que la messe soit passée. Leurs visages ratatinés ressemblent au potamot frisé, les rides de leur peau sillonnent leurs vieux corps.

Aucun n'a des rides de rire, personne ne devient vieux avec un sourire sur le visage. Leurs maisons s'étirent en longueur et sont construites comme des barrages d'arbustes et de paille, elles imitent d'étroits chemins, des digues basses sur l'estran. Sous leurs pieds c'est de la terre, des buissons et du bois. Ils croient encore qu'ils peuvent gagner du terrain sur la mer et lui ont déjà volé la plus grande échancrure possible.

Ils construisent des digues et ne savent plus pour quoi. Ils ont tout ce dont ils ont besoin. Malgré cela ils construisent des digues, comme si la terre ne s'appelait pas terre, mais était un tapis persan que l'on peut défaire, transformer en tenture murale et vider comme un poisson. Et ils taillent dans le tapis des entre-deux ovales ou en étoile, cousent des chemins de couloir caucasiens, iraniens, turcs, coupent en deux le meilleur, l'arrachent comme le cœur d'un animal vivant. Ils dégagent une odeur de sang, mais disent qu'ils ne savent pas ce que c'est, un animal mort. Avec cela ils mangent des poissons, des chèvres, des agneaux.

La pêcheuse a entendu dire qu'il y aurait un pays où un châtiment s'appellerait peine de mort. Elle pense que c'est le châtiment des morts qui attend tout le monde, tous ceux qui ne paient pas les morts. Mais quand elle apprend que dans le pays lointain cette peine de mort est une loi, elle ne comprend plus rien. Que cette peine soit exécutée et ne descende pas sur les hommes comme le fait le châtiment, c'est une chose qui la déroute. Dans notre rue elle parle de ce pays aux voisins mais ils prétendent n'en rien savoir. Un tel pays, la pêcheuse ne peut que l'avoir imaginé, chuchotent-ils, quand elle s'est éloignée.

La pêcheuse ne comprend pas ce pays étranger. Ses morts à elle ne réclament jamais la loi, ils demandent de l'amour. Ils veulent des yeux qui les regardent, eux, les morts, même quand leurs corps ne sont plus là et que l'on ne peut que supputer où est leur séjour.

Cette fois la pêcheuse va au cimetière dès le soir, attache sa barque et appelle les morts. Dans sa poche elle a du schnaps, du café et une statuette de chasseur en bois. Elle pose ce qu'elle a apporté près du portail de fonte et ôte son fichu. Elle écarte les bras et attend l'averse habituelle que les morts lui envoient. Bientôt elle sent les premières gouttes sur sa peau. Elle appelle, appelle, et les morts arrivent l'un après l'autre et repartent. À chacun elle pose des questions sur le pays lointain où il y a une peine de mort, un châtiment qui est exécuté par les vivants.

Mais les morts non plus n'ont rien entendu dire de ce pays. Eux-mêmes font toujours en sorte que le châtiment descende sur les hommes. Non comme une admonestation ou par méchanceté. Plutôt comme une petite décharge électrique. Les morts aussi sont vaniteux. Tout ce qu'ils veulent, c'est qu'on ne les oublie pas. Et des lois, des lois ils ne savent rien.

Le duvet de l'été

Autrefois, quand l'été touchait à sa fin, les ombres du soir flottaient au-dessus de la vallée. Personne ne s'occupait plus de la récolte. Le tremblement des lupins dirigeait votre œil sur les petites choses, sur votre main. Le regard s'élevait au-dessus du bleu des fleurs, à la recherche d'un lieu d'où il aurait été possible au contemplateur de quitter sa région natale et d'être un autre ailleurs. Dans les creux du feuillage les oiseaux babillaient, quelqu'un passait et disparaissait dans la lumière tachée d'ombre de la vaste couronne de feuilles. Dans la nuit qui précédait le 16 août, cela sentait la sueur de pèlerin, l'Assomption était passée. Les fidèles repartaient dans les montagnes, les femmes se signaient au nom du Seigneur, les enfants jouaient avec les chaînettes de couleur qu'ils avaient quémandées de leurs parents la veille au marché. Le laurier-rose berçait l'été pour l'endormir. Dans les clochettes bien formées de ses fleurs, se posaient les papillons venus de loin dont le vert étincelant contrastait avec le bleu du ciel.

Des vents légers s'élevaient et agitaient les fins pétales rosés et rouges du laurier-rose. Le bourdonnement des abeilles près du verre de limonade brunâtre, le chant des cigales, la fuite furtive des salamandres dans l'herbe sèche remplissaient les journées. Pieds nus, les enfants étaient étendus dans la prairie et pleuraient avec le cerisier malade, jetaient les amandes amères, ne connaissaient ni douleur ni partage, riaient, se trouvaient une place dans le champ de maïs quand un sentiment traînait en longueur. Les paroles des filles amoureuses tombaient dans la paix des après-midi. Elles parcouraient la route à son extrémité supérieure dans l'espoir de rencontrer leurs bien-aimés. Le martèlement lointain des sabots de chevaux se rapprochait et, assis sur la vieille carriole chargée de bois, le voisin se penchait en avant et parlait sur un ton de conspirateur de l'ingratitude de ses enfants en sautant à bas de son siège grinçant et en posant sur le portail sa main dure aux profondes crevasses. Il était difficile de lui tendre un verre d'eau sans le toucher. Comme s'il ne demandait à se rafraîchir que pour être touché. Contre le mur chaulé les fleurs d'aubépine resplendissaient. Le bruit des sabots de chevaux se perdait dans le néant estival de cet après-midi.

Longtemps il ne passa plus personne. L'air était immobile, on devinait la mer, les animaux au pâturage. Une tante entra en trombe dans la maison, examina le coin de la cuisine où dormait Grand-père, pesta contre ces vieilles habitudes. Où voyait-on encore cela aujourd'hui, un lit dans la cuisine ? En renâclant comme un vieil éléphant, elle ouvrit l'armoire de la mère absente, en sortit des serviettes, des jupes, des cols de fourrure. Puis elle disparut derrière la maisonnette d'été. Ses pieds volaient sur la plaine parsemée de pierres et de buissons. Elle porta la main gauche à son front, remit en place son foulard qui avait glissé, déposa le sac de voyage plein à craquer et jeta un coup d'œil dans les fourrés des jardins entourés de murs. Là aussi l'aubépine était en fleur. Ses inflorescences drues reposaient au soleil. Les taches vertes ressemblaient à des oiseaux posés dans les feuilles poussiéreuses de l'aubépine. Cette disparition de la tante voleuse, après sa sortie furtive et silencieuse de la chambre du grand-père endormi, c'était pour les frères et sœurs le duvet de l'été.

Le duvet de l'été, ce fut la fin de l'innocence. La méfiance commença, le soupçon se renforça que la tante ne venait que pour son profit personnel. Dans les visages des enfants on voyait quelque chose qui n'y était pas auparavant, comme de l'écume de lait léchée en cachette qui aurait laissé des traces blanches autour de leur bouche. On ne s'aperçut de l'ampleur des larcins que quand la mère revint et regarda dans son armoire. Tout ce qui était à peu près utilisable était parti dans les sacs pesants de la tante. Personne n'osa jamais rien lui dire.

Les nuages blancs qui s'éparpillaient au ciel, c'était la fin de leur enfance. Il ne leur venait pas à l'esprit de le regretter. À quoi bon, du nouveau viendrait. Quand le grand-père mourut, on lut son testament aux enfants. Il ne leur avait rien légué, les jardins, les champs avec les lupins, rien ne leur appartenait. La tante était la seule héritière. C'est aussi dans sa maison qu'il est mort, une nuit, tous dormaient d'un sommeil absent dans des pays lointains. Ils avaient oublié que, si le grand-père ne savait pas écrire, il avait autrefois, sans doute avant la guerre, appris à signer son nom qu'on pouvait toujours lire, gauche et tremblé, en bas des documents importants. Quand ils virent l'empreinte de pouce apposée sur le testament en signe de consentement, les enfants furent surpris. Le tribunal leur proposa de s'arranger en famille. Devant la maison il y avait le laurier-rose et, derrière le portail, contre le mur chaulé, les aubépines resplendissaient toujours. Pour les enfants ces lointaines années rêveuses étaient perdues. Restait un souvenir des papillons au vert étincelant, jusqu'au jour où l'un d'eux oublia tout et passa des heures assis devant la maison sans savoir pourquoi.

Table

Réalisation : PAO Éditions du Seuil
Achevé d'imprimer sur Roto-Page
par l'Imprimerie Floch à Mayenne
Dépôt légal : février 2004. N° 394 (59007)
Imprimé en France